오늘,
당신의 말은
다정한가요?

오늘, 당신의 말은 다정한가요?

초판 1쇄 인쇄 _ 2019년 11월 25일
초판 1쇄 발행 _ 2019년 11월 30일

지은이 _ 이슬기

펴낸곳 _ 바이북스
펴낸이 _ 윤옥초
책임 편집 _ 김태윤
책임 디자인 _ 이민영

ISBN _ 979-11-5877-142-3 03810

등록 _ 2005. 7. 12 | 제 313-2005-000148호

서울시 영등포구 선유로49길 23 아이에스비즈타워2차 1005호
편집 02)333-0812 | 마케팅 02)333-9918 | 팩스 02)333-9960
이메일 postmaster@bybooks.co.kr
홈페이지 www.bybooks.co.kr

책값은 뒤표지에 있습니다.
책으로 아름다운 세상을 만듭니다. — 바이북스

오늘,
당신의 말은
다정한가요?

이슬기 지음

바이북스
ByBooks

예쁜 말, 다정한 말, 그리고 인생

"예쁘게 말하고 싶은데 말이 곱게 나오지가 않아요."

"예쁜 말은 어떻게 하나요?"

사람들이 제게 묻습니다. 어떻게 그렇게 말을 예쁘게(?) 하냐고요. 대화를 나누면 마음이 따뜻해진다고요. 조금 쑥스럽지만 어떤 이들은 태어날 때 울음소리도 달랐을 것 같다며 우스갯소리를 합니다. 아마 누군가 들으면 고개를 절레절레 흔들 것 같습니다. 저도 늘 예쁘게 말하지는 않는답니다. 화가 날 때면 화를 내기도 하고, 마음이 상할 때면 서운함을 표현하기도 하는 '사람'이랍니다.

며칠 전 친구의 생일날이었습니다. 요즈음 글 쓰랴, 강의하랴, 공부하랴 눈을 뜨고 잠에 드는 순간까지 숨 고를 틈이 없었어요. 공을 들인 만큼 성과가 날 것인가에 대한 불안함이 스트레스를 더하기도 했습니다. 스스로 선택한 일들이지만, 그 날은 숨이 턱 끝까지 차올라 누군가와 간단한 연락조차 할 에너지가 나지 않던 날이었죠. 그래도 생일인데 문자 하나만 달랑 보내기에는 무심한 것 같아 전화를 했습니다. 통화를 하는데 친구도 요즘 일상의 바쁨을 토로하더라고요. "에고. 많이 바쁘겠다. 고생 많지." 말하면서도 마음으로는 '나도 쉴 틈이 없어서 미칠 것 같아⋯⋯.' 싶었습니다. 그러니 그 생각이 저도 모르게 튀어나와버렸죠. "나도 너무 바쁘고 지쳐." 덩달아 하소연을 하고 끊은 후에는, 생일 축하를 하겠다던 의도와 다르게 대화가 흘러가버려 하루 종일 마음이 쓰였습니다.

'아, 혼자만의 시간이 필요하구나.'
'차분하게 다시 여유를 찾아주렴.'
직감적으로 알게 됩니다. 내 마음에 여유가 없었다는 것을. 마음에 여유가 없으니 이해심이나 배려심이 그 자리를 차지하기가 어려운 거죠. 우리의 말은 주인의 마음에 여유가 없다는 것을 귀신같이 알아차립니다. 입에서도 귀에서도 별안간 여유가 사라져버리죠. 그럴 때 있지 않은가요? 나 하나 챙기기에도 벅찬 순간. 시간적으로 여유가 없을 때, 감정적으로 여유가 없을 때, 체력적으로 여유가 없을 때. 내 마음에 여유가 없을 때에는 누군가를 보듬기가 어려워집니다.

마음에 여유가 없다는 게 어떤 뜻일지 생각해본 적이 있나요? 마음이 바쁘고, 지치고, 불안할 때 누군가의 진심어린 따뜻한 격려를 듣는 순간 평온해지는 느낌을 받은 적이 있을 겁니다. 상황이 변한 것은 아닌데 누군가의 위로 한마디, 응원의 한마디에 그 순간만큼은 힘이 나고, 편안해지는 느낌…… 마음에 여유가 없다는 건, 내 감정을 내가 잘 돌보지 못하고 있다는 뜻이 아닐까요? 그럴 때면 내 마음을 보호하기 위해서 내 말에 가시가 생겨납니다. 뾰족해지고, 날카로워지죠. 별 거 아닌 말에도 오해가 생기고 서운해지기가 쉽죠.

말을 예쁘게 하고 싶다면, 우선 마음이 예뻐야 합니다. 마음 따라 말이 가지 않겠어요. 어떻게 하면 말을 예쁘게 할 수 있냐는 물음을 가진 분들은 오늘 이 책을 읽기 전에, 근처 공원을 한번 산책해보세요.

초록빛 무성하게 주변을 둘러싼 나무가 보이나요? 두 뺨을 스치며 인사하는 시원한 바람이 느껴지나요? 저마다 예쁨을 자랑하는 고운 자태의 꽃들도 보이나요? 나무와, 바람과, 꽃들에게 고마운 마음을 한번 전해보세요. 나무는 깨끗한 공기와, 초록빛 머금은 싱그러움, 시원한 그늘을 마련해주며 늘 그 자리를 지키고 있습니다. 아무엇도 바라지 않고 그저 베풀어주죠. 바람은 늘 기분 좋게 살랑거리며 내게 인사해줍니다. 꽃들은 무얼 해주지 않아도 해마다 다시 피어나며 꿋꿋한 아름다움을 몸소 보여줍니다. 하늘과 땅에도 고맙습니다. 하늘은 늘 해를 띄우고, 달을 띄우며 경이로울 정도로 아름다운 모습을 선물해줍니다. 땅은 내가 이 세상을 살아갈 수 있도록 든든하게 나를 지탱해주고 있죠. 어느 것 하나 당연한 게 없습니다. 내가 이렇게 숨을 쉬며 살아갈 수 있는 건, 다 이 모든 것들 덕분입니다.

그저 당연하게 느끼던 것들에서 소중함을 발견할 때면 마음이 따뜻해집니다. 덕분에 참 행복하다고 고맙다는 말을 건넬 때면 마음이 싱긋 미소를 짓습니다. 내가 건넨 말에 내가 기분이 좋아지는 겁니다. 어떤 대답이 돌아오지는 않지만 내 마음이 맑아지는 것을 느낄 수 있습니다. 이전보다 마음이 평화로워지는 것을 느낄 수가 있습니다.

하지만 세상의 일들이나, 사람들은 내 마음과는 다르게 흘러갈 수 있습니다. 내가 큰마음 먹고 예쁘게 한마디를 건네도, 돌아오는 대답은 기대와 다를 수 있어요. 그러면 내 쪽에서도 곱게 말이 나가지가 않죠. 지금까지 늘 그래왔다면 더욱이요. 그러니 그동안의 언어 습관을 하루아침에 뜯어 고쳐보겠다고 마음먹지는 않았으면 해요. 우리의 말들은 우리가 살아온 삶을 통해서 만들어진 우리의 일부니까요. 그 습관들을 어찌 한 번에 모두 고칠 수 있을까요.

대신 매일 잠들기 전, 내가 한 말들을 돌아보면 어떨까요. 저는 매일 저의 말들을 돌아봅니다. 오늘 내가 한 말에 가시가 있지는 않았는지, 내 말이 진실했는지. 과장은 없었는지, 누군가를 나만의 잣대로 판단하지는 않았는지. 그러면 마음에 드는 때도 있고, 아직은 멀었다 싶을 때도 있어요. 마음에 쏙 드는 말을 하지 않았을 때엔, 내가 그때 왜 그 말을 했는지 생각해보고, 나의 감정도 돌아봅니다. 다 이유가 있더라고요. 그리고 그 순간에 내가 느꼈을 감정을 인정하고 토닥토닥 보듬어줍니다. 다음에 그런 상황이 온다면 어떻게 말하면 좋을지 고민도 해봅니다.

아름다운 발레리나에게 어쩜 그리 몸을 자유자재로 아름답게 움직일 수 있냐고 묻는다면 뭐라고 대답할까요? 자신의 모습을 거울에 비춰보면서 꾸준히 연습한 결과 몸에 탄탄한 근육이 붙었기 때문이라고 하지 않을까요. 말도 그렇습니다. 예쁜 말도 '예쁜 말 근육'

오늘, 당신의 말은 다정한가요?

이 붙어야 적시적소에 자유자재로 쓸 수 있답니다. 내 마음이 지칠 때 잠깐 여유를 가지며 꾸준히 마음을 관리하는 것. 그리고 수시로 내가 하는 말을 돌아보는 습관은 예쁜 말 근육을 탄탄하게 키워줄 것입니다. 그렇게 건강해진 예쁜 마음은 나를 향해, 타인을 향해, 따뜻한 마음을 밀어 보낼 수 있는 '다정한 힘'이 생깁니다.

당신의 말에 근육을 붙여보세요. 그 힘이 당신의 세상을 더욱 다정하게 만들어줄 겁니다. 설레는 마음으로 그 여정을 시작해볼까요?

"다정한 말이 인생을 바꿉니다."

chapter 6

내 인생을 바꾼
다정한 말

chapter 1

관계에 온기를 더하는
따뜻한 말

사람을 살리는 말

"왜 하필 지금, 이런 일이 생기는 거야."

7월의 비 오는 여름날이었다. 빗물이 타닥타닥 내 마음으로 떨어지는 것 같았다. 하루하루가 한숨의 연속이었다.

배우가 되겠다는 꿈을 가지고, 친구들이 어학연수를 가고 취업준비를 할 때, 나는 연극영화과 편입 준비를 했었다. 가족과 떨어져 홀로 연기학원을 다니고 시험을 보러 다녔지만, 결과적으로 원하던 학교에 합격하지는 못했다. 가장 가고 싶었던 학교는 그해에 모집 정원 자체가 없었고, 다른 곳들도 많아야 두 명 정도 뽑는 선이었는데, 경쟁자들은 대부분 타 학교 연극영화과 소속 학생들이었다. 합격한 곳도 있기는 했지만, 목표한 곳 외에는 의미가 없을 것 같아 일단 복학하기로 마음먹었다.

소위 말하는 '스펙'이라는 걸 쌓아나갔다. 대외활동에도 참가하고, 장학금을 탈 정도로 학점 관리도 충실히 해 놓았지만, 문제라면, 도무지 취업하고 싶은 곳이 없었다. 함께 연기하던 언니, 오빠, 동생들이 눈에 아른거렸다. 너무 빨리 포기해버린 걸까. 한 번만 더 도전해보면 어떨까.

그러나 더 이상 부모님의 지원을 받을 수는 없었다. 하고 싶으면 스스로 하라는 아버지의 말씀에 졸업 후에 아르바이트를 하며 돈을 모았다. 계획한 만큼 모은 후에 이제는 서울에 가야겠다고 준비하고 있던 때였는데…… 모든 계획에 브레이크가 걸렸다.

건강에 이상이 생겼다. 십대 후반부터 따뜻한 물로 샤워를 하고 나면, 팔의 한 부위에 동그랗게 작고 빨간 반점이 생기곤 했었다. 몇 년 동안 증상이 있었지만, 범위가 작았고, 대체로 며칠 안에 없어졌기 때문에 대수롭지 않게 여겼다. 그런데 갑자기 붉은 반점들이 허벅지부터 종아리 끝까지 전체적으로 넓게 퍼져버린 것이다. 불과 하루 사이에, 마치 고춧가루를 마구 뿌려놓은 것처럼. 특이한 것은 분명 빨간 점들이 보이는데 피부 밖으로 만져지는 것이 없었다. 피부 속에서 생긴 거다. 외모에 신경을 많이 쓸 20대 여자에게 엉망이 된 피부상태란…… 더구나 나름 배우 지망생으로 외모에 많은 신경을 쓰고 있던 터라 나에게는 더욱 치명적이었다.

여러 병원을 전전했다. 먼저 피부과에 갔다. 피부가 건조해서 그럴 수 있다고 했다. 피부에 만져지는 것도 없는데? 믿음이 가지 않았다. 내과를 방문했다. 의사는 본인도 처음 보는 경우라 모르겠다고 솔직히 말하며 멋쩍어했다. 근처 다른 내과를 한 번 더 가보았다. 그곳에서도 이리 저리 살피더니, 무슨 염증이라고만 차트에 적으며 별다른 약을 내어주지 않았다. 치료에 대한 질문에는 그냥 기다리면 나아지지 않겠느냐는 식으로 답했다. 일주일이 훨씬 지났는데도 낫지 않는 상태이며 더 심해지는 것 같다고, 혹시 큰 병원을 가봐야 하는 거냐고 물었다. 대학병원에 간다면 어떤 과로 진료를 봐야 하는지도. 혈액 종양 내과 쪽으로 가야 될 거라고 했다. 이름이 너무나 무서워서 섬뜩 놀라는 나에게 한마디 덧붙였다.

"근데 큰 병원 가봐도 별 뾰족한 수 없을 텐데."

돌아오는 길이 막막했다. 병원을 세 군데나 다녔지만 병명조차 알지 못했고, 처방을 해준 곳도 없었다. 인터넷에 찾아보니 이 병이 자반증이라는 것과 비슷해보였다. 한방으로도 치료를 한다는 것 같아 곧잘 들르던 한의원에 갔다. 혹시 이게 자반증일까 묻는 질문에, 주름이 인자한 한의사는 내 다리를 보더니 그저 귀엽다는 듯 웃으며 말했다.

"이건 자반증이 아니야. 자반증은 이렇게 촘촘한 게 아니라, 커다랗게 보랏빛으로 올라오는 거야."

역시나 별다른 처방도 위로도 받지 못했다. 눈앞이 아득해져왔다. 하루에도 수십 번씩 다리를 바라보고, 무수히 많은 점들을 훑어

보았다. 혹시 색이 조금 옅어진 건가. 더 많아진 건가. 비슷한 증상을 가진 사람이 있을까 싶어 인터넷을 뒤졌다. 이곳저곳 검색하던 중, 자반증 전문 한의원이 눈에 띄었다. 동네 한의원에서는 자반증이 아니라는데, 문의하는 의미가 있을지 잠시 고민하다 홈페이지에 사진과 함께 상담 글을 올렸다. 직접 눈으로 봐야 한다는 답변에 내가 사는 지역에 있는 병원은 아니었지만 가보기로 했다. 무더운 여름날, 다리를 가리기 위해 긴치마를 입고 기차에 올라탄 그때. 눈물이 차올랐다. 이미 세 군데에서 명확한 대답을 얻지 못했기에 걱정스런 마음과 이곳에서는 치료할 수 있지 않을까 하는 작은 기대감이 어우러진 눈물.

인생이라는 긴 여행을 하는 동안 내가 하는 말, 듣는 말이 얼마나 될까? 셀 수 없을 정도의 많은 말들을 하고 또 들으며 살아간다. 그 많은 말들 중 지금 이 순간 기억에 남는 말이 있는가. 우리의 말은 머리에서 입술을 타고 흘러나간다. 그 말이 상대방의 귀에 가 닿고, 다시 그의 머릿속으로 가는 여정. 하지만 누군가의 말은 머릿속에서 멈추지 않는다. 가슴 깊은 곳까지 들어오는 말이 있다. 내 마음 안으로 깊고 따뜻하게 스며드는 한마디. 힘들었던 순간 타인의 숨결이 불어넣어진 나를 살게 하는 한마디.

"나을 수 있어요. 낫게 해줄 거니까 걱정하지마세요. 알겠죠?"

바로 이 말이 그때의 나를 살게 한 한마디였다. 근 3주가량의 내 마음을 모두 알고 있는 듯했다. 긴 시간 동안 걱정했을 마음을 온전히 이해하고 알아주는 말이었다. 지금도 역시 걱정되고 불안한 마음을 어루만져주는 말이었다. 처음 본 의사 앞에서 혼자서 꽁꽁 쌓아 두었던 속내들이 터져 나왔다. 평소 의심이 많고 이것저것 따져보는 나였지만, 의사의 따뜻한 말 한마디, 진심이 담긴 태도에 3개월치 약을 한 번에 결제하고 나왔다.

이틀 후, 병원에서 전화가 왔다. 나을 수 있으니까 걱정하지 말라는 말을 다시 한 번 전했다. 밥 잘 챙겨 먹으라고. 그날 이후로 나는 다시 생기를 찾았고, 식단 관리도 철저히 하며 치료를 시작했다. 한 달가량은 차도가 없었지만, 의사에 대한 신뢰가 형성이 된 상태였고, 나을 거라는 믿음이 있었다. 두 달이 지나면서 조금씩 차도가 생기는 듯했고, 넉 달쯤 지났을 때 그렇게 속을 썩이던 빠알간 점들, 자반증이라는 것이 깨끗하게 사라졌다.

시간이 흐르고 나서야 알았다. 사실은 치료가 어려울 수도 있는 상황이었다고. 내가 철저히 식단관리를 하고, 잘 따라주어 낫게 돼서 다행이라고. 사실 그렇게 할 수 있었던 건 다 선생님 덕분인 것을. 환자의 아픈 몸 이전에, 아픈 마음을 바라볼 줄 아는 의사를 만난 덕이었다. 나을 수 있다는 믿음을 심어준 그 한마디 덕분이었다. 그때 이 따뜻한 의사를 만나지 못했다면 어땠을까.

흔히 병원에서는 의료기술, 전문성이 중요하다고 생각한다. 그래서 그들이 책임질 수 없는 말, 불확실한 말을 하지 않으려 한다는 것도 이해는 한다. 하지만 나을 수 있다는 믿음은 주지 못하더라도 환자의 아픈 마음을 알아주고, 위로를 해줄 수는 있지 않았을까. 병원에서 뛰어난 의료실력, 수술실력 또한 매우 중요하지만 사실 일반인들이 전문 의료기술의 만족도를 계산하기란 어렵다. 환자가 느끼는 병원에 대한 만족도는 무엇보다 환자의 아픈 마음을 공감해주고, 어루만져주는 것이 아닐까. 치료를 하기 위해 다녔던 세 병원 모두 "걱정 많으셨겠어요."라고 내 감정을 공감해준 곳은 없었다. 그들이 치료를 해줄 수 없더라도, 걱정하고 있을 상대방에 대한 공감, 배려의 표현을 해주었다면 돌아가는 길에 느꼈을 허탈함이 조금 덜했을지도 모른다.

현재 강사로 활동하고 있는 나는 그때의 마음을 떠올리며 강의를 한다.

"강사님, 고객도 없고 장사가 너무 안 돼요."

질문을 하는 매니저들에게 판매를 하기 위한 유용한 팁을 알려주기에 앞서 이렇게 말한다.

"매니저님, 그렇죠? 많이 힘드시죠? 다른 분들도 요즘 많이 힘들어하시더라고요. 그래서 제가 왔잖아요. 저랑 이야기 한번 나눠볼까요."

내가 알고 있는 정보들을 늘어놓으며 호기롭게 가르치려들기보다, 진심으로 소통하려는 노력이 우선이다. 상대의 상황에 주의를 기울이고, 상대의 입장에 서 보는 일. 진심을 더하려는 노력은 관계에 온기를 불어넣는다.

대부분 사람들은 글을 쓸 때에 오랜 시간 고민을 한다. 특히 누군가에게 편지를 쓸 때에는 더욱 그렇다. 어떻게 하면 내 글에 진심을 담을 수 있을까. 허술해 보이진 않을까. 맞춤법이 제대로 되었는지, 띄어쓰기는 맞는지, 오타는 없는지…… 이러한 과정을 '글을 짓는다'고 표현한다.

글짓기 외에도 밥을 짓는다, 집을 짓는다 등 정성과 시간을 들이는 일에 '짓는다'는 표현을 쓴다.

그에 반해 말을 짓는다는 표현은 조금 어색하게 들린다. 말 짓기. 정성스런 마음으로 한 자씩 글을 지어내는 것처럼 말을 할 때에도 정성을 다해 지어가는 과정이 필요할 것 같다. 한 번쯤 우리가 일상적으로 하고 있는 많은 말들에 얼마나 정성을 들이고 있는지 돌아보는 시간을 가졌으면 좋겠다.

편지가 누군가에게 전해지면 꽤 오랜 시간 보관되는 것처럼 말도 똑같다. 내 입을 통해 나온 말이 상대방에게 전해져 그의 마음에 흔적을 남기고 나아가 세상에 흔적을 남긴다. 나의 말로 인해 누군가가 따뜻함을 느낄 수 있다면. 말을 하면서, 말을 통해 살아야 하는 거라면, 이왕이면 따뜻한 온기를 주고받을 수 있는 말을 하는 게 좋지 않을까. 이 책을 읽는 당신의 말이 '누군가를 살릴 수 있는 따뜻하고 힘 있는 말'이 되기를 진심으로 응원한다.

네 곁엔 항상 내가 있어

스물세 살, 꿈을 위해 대구에서 상경한 당찬 아가씨.

스무 살이 넘긴 했지만 아가씨라기엔 다소 어렸고, 소녀라는 표현이 더욱 적당할 것 같다. 가족과 멀리 떨어진 서울. 가로수길 사거리 빵집에 홀로 앉아 어둑해지는 밤거리를 가만히 내려다보던 소녀. 두 눈이 반짝이고 있었다.

9년 전, 어느 날의 내 모습. 오전 수업이 끝난 후 연습실에서 연기와 무용 연습을 거듭한 저녁, 몸이 녹초가 된 날이었다. 따뜻한 물에 샤워를 하고 포근한 침대에 몸을 던지고 싶었지만, 집으로 가는 발걸음이 무거웠다.

그날의 반짝거림은 열정이 아닌 눈물이었다. 오롯이 혼자인 느낌. 세상에 나 홀로 서 있는 느낌.

어린 시절부터 바라왔던 연기공부를 처음으로 시작하게 되었지만, 연극영화과는 재수는 필수, 삼수는 선택이라는 말이 있을 정도로 경험이 중요했다. 이미 3년 이상 연기를 배워온 사람들 틈에서 서울에 갓 올라온 내가 연기로 무언갈 표현한다는 것이 두려웠다. TV를 보며 연기자들의 대사를 혼자서 따라 하던 것과는 달랐다. 대본의 글들을 감정을 실어 말뿐만 아니라 온몸으로 표현해야 하는 행위 예술을, 수년 이상의 경력자들 사이에서 경쟁하듯 보여주는 것이 자연스럽게 느껴지지 않았다. 게다가 함께 지내는 룸메이트와 성향이 맞지 않아 학원에서도 집에서도 마음 둘 곳이 없어 외로웠다. 걱정하던 가족을 뒤로하고, 나의 의지로 서울에 온 것이라 하소연을 할 수도 없었다. 모두 스스로 감당해야만 하는 내 몫이었다.

'나, 가족도 없는 여기서, 혼자 뭐하고 있는 거지…….'
태어나서 처음으로 눈물 젖은 빵을 맛보았나 보다. 지금은 미소 지으며 떠올리지만, 그때는 별 하나 보이지 않는 새카만 밤하늘처럼 앞날이 캄캄하기만 했다. 집을 떠난 것도 처음, 연기도 처음, 게다가 룸메이트와의 불화까지 겹쳐 몸과 마음이 지쳐 있었다. 큰 도시에 혼자인 것만 같았던 그날 밤, 문득 서울에 친구가 있다는 사실이 떠올랐다. 어느 정도 적응을 한 후에 연락을 할 생각이었는데 바쁘고 정신이 없던 생활에 잊고 있었던 친구. 마음이 지칠 대로 지쳐서 홀로 숨을 돌리는 시간을 가지게 되니, 그제야 친구에게 연락을 해야 겠다는 생각이 들었다.
문자를 보냈다. 아마도 외로운 심경을 표현했겠지만, 무어라 보냈는지는 감감하다. 그러나 몇 분 후 친구에게 받은 답장은 똑똑히 기억난다.

"어디야? 서울이야?"

"응. 나 가로수길 빵집"

"언제 왔어? 우리 집 근처구만. 나는 항상 여기 있었잖아. 진작 연락하지. 얼른 와. 같이 밥 먹자."

분명 몇 분 전까지만 해도 혼자라는 사실에 외로웠는데, 얼었던 마음이 문자 한 통에 따뜻하게 녹아내렸다.

'아, 은희가 있었구나.'

곧장 친구네 집으로 갔다. 일찍 결혼을 해 갓난아기를 키우고 있던 친구는 내게 따뜻한 밥을 차려주며 말했다.

"왜 이제 연락했어. 힘들면 언제든지 우리 집에 와. 룸메이트랑 너무 안 맞으면 여기서 살아도 돼."

요리솜씨가 워낙 좋은 친구의 맛있는 밥을 먹고 지친 몸에 다시 힘이 생겨났고, 워낙 사람 좋은 친구의 따뜻한 말이 내 마음에 다시금 힘을 불어넣어 주었다. 서울에 있는 동안 내내 그녀는 늘 내 곁에 있어주었다. 그리고 정말로 집과 밥도 아낌없이 내어주었다.

그 이후로 10년이 다 되어가는 지금까지도 내게 크고 작은 문제가 생길 때면, 그녀는 여전히 내 곁에 자신이 있음을 알려준다.

"내가 있잖아." 세상에 혼자인 것 같아 외로울 때, 누군가 너의 곁에 내가 있다는 사실을 알려주는 따뜻한 말의 힘은 말 그 이상의 힘을 가진다.

얼마 전 식사를 하다가 우연히 〈커피프렌즈〉라는 TV예능프로그램을 보았다. 제주 감귤 농장에서 카페를 운영하며 수익금의 전액을 기부하는 프로그램인데, 그중 표현방법은 다르지만 내 친구와 꼭 닮은 사람이 있었다.

바로 배우 손호준이었다. 그는 주문이 밀려 지친 기색이 역력한 친구이자 동료 유연석에게 다가가 말한다.

"친구야, 네 뒤에 나 있다."

"친구야, 잘 있제?"

"친구야, 내 여기 있데이."

제일 바쁘게 일하는 친구에게 틈날 때마다 장난스레 말을 건넨다. 너의 곁엔 내가 있다고. 이후 여유를 찾은 유연석은 그에게 고맙다는 말을 전한다. 간결한 말들이 오갔던 짧은 장면이었지만, 그것만으로도 누구나 알 수 있는 사실이 하나 있었다.

손호준은 힘들어 하는 친구에게 말 한마디로 힘을 실어주었고, 유연석은 그 말 한마디에 기운을 받아 친구에게 고마움을 느꼈다.

누군가에게 힘이 되어주기 위해서 대단한 무언가가 필요한 것이 아님을 깨닫는다. 진심이 담긴 말 한마디의 힘이 참 크다는 사실을 특히 요즈음 더욱 실감한다. 홀로 글을 쓰고, 홀로 시험을 준비하는 과정이 조금 외로울 때에 예상치 못한 안부 연락을 받으면 문득 힘이 솟는다. 누군가 내 곁에 있다는 사실이 큰 힘이라는 것을 다시금 깨닫는 하루들이다. 사람들에게서 힘을 얻는 만큼, 나도 그들에게 힘이 되어주고 싶다는 생각, 내 곁에 있는 사람들에게 잘 해야겠다는 생각이 참 많이 든다.

'어떻게 하면 사람들에게 힘을 줄 수 있을까?'

나이가 늘어감에 따라 사람마다 성향이 제각각이라는 사실을 알게 된다. 누군가는 기쁜 일이나 고민거리를 타인과 잘 나누지만, 누군가는 묻지 않으면 속내를 잘 드러내지 않거나 혹은 물어보아도 홀로 감내하려는 경우가 있다.

자신의 이야기를 잘하는 사람들에게는 경청하고, 공감하고, 원한다면 해결책을 제시하며 위로해줄 수 있겠지만, 속내를 잘 이야기 하지 않는 나의 소중한 사람들에게는 어떻게 힘을 줄 수 있을까…….

그런 친구가 있었다. 분명 고민이 있는 눈치인데, 누구에게도 이야기 하지 않는 친구. 혼자 슬픈 영화나 슬픈 음악을 들으며 치유한다는 친구. 그 친구에게 힘을 주는 나만의 비법은 너의 옆엔 언제나 내가 있다고 말해주는 것이다. 조금 덧붙여, 너의 어떤 모습도 내겐 참 사랑스럽다고 언제나 나는 항상 너의 곁에 있을 거라고 말해준다. 그럼 그녀는 내게 웃으며 말한다. 자기가 인생을 참 잘 살아온 것 같다고.

지금 곁에 힘들어하는 사람이 있다면, 힘내라는 말보다 이렇게 말해보는 건 어떨까.

"당신 옆에 언제나 내가 있어요. 당신이 어떤 모습이든 나는 항상 당신 옆에 있을 거예요."

희망의 등불이 켜지는 순간

초여름의 하늘은 늘 이렇게 예뻤던가! 하늘색 물감을 마구 풀어 놓은 것 같은. 그 위로 미세하게 움직이는 겹겹이 쌓인 뽀얀 뭉게구름까지. 언젠가 그리던 어릴 적 스케치북 속, 그 완벽한 동심의 하늘을 만난 것 같다. 예쁜 하늘을 보며 행복해할 수 있다는 사실이 뭉클하게 감사한 아침이다. 예쁜 것들을 보고 예뻐할 수 있는 마음이 얼마나 반갑고 소중한 것인지를 알기에.

사람의 인생에는 많은 순간이 있다. 기쁜 순간, 즐거운 순간, 설레는 순간…… 슬픈 순간, 힘든 순간, 두려운 순간…… 늘 기쁘고 즐겁다면 아마 그 기쁨과 즐거움의 가치를 알기가 어려우리라. 슬프고 힘든 순간들이 어우러짐으로써 기쁘고 즐겁고 설레는 순간들이 더욱 반짝이며 다가올 수 있는 게 아닐까.
'인생의 암흑기'라고 하면 저마다 떠오르는, 어떤 순간이 있을 것이다. 앞이 보이지 않는 캄캄한 터널 속에 혼자 남겨진 것 같은 느낌. 한 발 한 발 용기 내어 내딛는 발걸음들이 어디로 향하고 있는지 알 수 없는 두려움. 발걸음을 떼는 것조차 지쳐 그냥 멈춰버리고 싶을 만큼 힘들었던 순간…… 그런 순간에는 무거운 적막을 깨트려주는 따뜻한 목소리가 필요하다. 그 따뜻한 목소리가 캄캄한 터널 속에서 작은 희망의 빛을 만들어준다. 어둑한 터널을 무사히 지나갈 수 있도록. 어둠을 지나 환하게 불을 켜주는 밝은 빛을 만날 수 있도록.

얼마 전, TV에 '미달이'가 나왔다. 오래전 인기를 끌었던 일일시트콤 〈순풍산부인과〉에서 미달이를 연기했던 배우 김성은이다. "용녀용녀", "아우, 장인어른"과 같은 다양한 유행어를 탄생시키며, 매일 밤 시청자들에게 큰 웃음을 주었던 전설의 시트콤. 당시 여덟 살이었던 그녀는 촬영한 CF만 30여 편이 넘었었다고. 어린 나이였지만 아파트를 사고, 아버지의 사업에 금전적인 도움을 줄 만큼 많은 수익을 거두었다고 했다. 〈순풍산부인과〉를 아는 사람이라면 놀랄 만한 이야기는 아니다. 시트콤이 막을 내린 후에 그녀는 미국 유학 길에 올랐다. 화려한 인생의 서막이라고 생각했을 그녀의 인생은 그 이후…… 180도로 바뀌기 시작한다.

아버지의 사업이 실패하면서 한국으로 조기 귀국을 하게 된다. 좋은 아파트에서 살던 그녀는 시골의 반 지하로 거처를 옮기게 되었는데, 하늘에서 땅으로 떨어진 기분이었다고 당시의 심정을 전했다.

더구나 이미 유명인이었기에 학창 시절 친구들의 놀림까지 견뎌내야 했다고. 우리 안의 원숭이가 된 것 같았다는 그녀의 기분을 감히 알 수야 없겠지만, 얼마나 캄캄한 순간의 연속이었을까.

이후 어느 프로그램에서 우울증을 앓았던 병력과 더 이상 미달이로 불리는 게 싫다는 공개 발언을 한 뒤로 다시 화제가 되고, 사람들의 도마에 오르내리게 되었다. 미달이로 많은 인기를 누렸는데 갑자기 무슨 말이냐며 꾸짖는 목소리들이 많았다. 당사자의 깊은 사정을 알 리 없는, 어쩌면 알고 싶은 마음조차 없었을 얼굴 없는 이들의 날카로운 말들이 얼마나 그녀를 옥죄이게 했을까. 큰 기쁨을 주었지만 어쩌면 그보다 더 큰 아픔을 주기도 했을 미달이라는 이름이 얼마나 버거웠을까. 그러나 다행스럽게도 그녀에게 애증이었을 미달이를 다시금 사랑스럽게 볼 수 있도록 용기를 준 한마디가 있었다.

"나도 30년 가까이 연기를 했는데, 대중들은 내 이름을 알지도 못해. 내 캐릭터를 알리는 게 지금 나에게는 큰 싸움인데, 너는 그걸 이미 이뤘고 많은 사랑을 받았어. 변함없이 사랑을 받고 있는 캐릭터니 감사하게, 즐겁게 받아들이면 돼."

그녀의 지인으로 아직은 대중에게 이름이 알려지지 않은 어느 배우가 해준 말이었다. 그 말 덕분에 지난 시간을 긍정적인 시선으로 돌아볼 수 있게 되었다고. 그녀를 정말 아끼는 사람이었을 거다. 어쩌면 본인에게도 아픔일 수 있는 이야기를 기꺼이 하며 길을 잃은 상대가 어둠을 헤쳐 나갈 수 있도록 빛을 켜준 한마디. 그 덕분에 그녀는 미달이라는 캐릭터가 준 어두운 단면에서 벗어나, 그 이면의 밝은 면을 볼 수 있게 되었다.

세상의 대부분의 일들이 좋기만 하거나, 나쁘기만 한 적이 있었
던가. 좋아보였던 것들이 지나보면 나를 긴장하게 하고, 속박하기도
했을 것이며, 나쁘다고 여겼던 것들이 지나보면 나를 단단하게 하
고, 더 자유롭게 만들어주기도 했을 거다. 삶은 양면성을 띄고 있기
때문에 인생의 행복은 오로지 나의 주관적인 해석에 달려 있다. 그
렇다면 돌이키거나 그만둘 수 없는 일이라면 기꺼운 마음으로 껴안
는 것이 현명할 텐데, 막상 내 눈앞에 문제가 닥치면 시야가 좁아진
다. 나와 문제 사이의 거리가 너무 가까워 전체를 보기가 어렵다. 전
체를 보기가 어려우니 문제에서 벗어날 수 있는 이로운 시선이 생겨
나기가 어렵다.

바로 그 순간이다. 시야가 흐려지는 순간. 그 순간에 서 있는 사
람에게는 당신의 소중한 한마디가 필요하다. 놓치고 있는 것을 바로
볼 수 있게 해주는 한마디. 짧은 순간, 짧은 말 한마디가 상대의 마
음에 불씨를 당겨준다. 포기하고 싶은 순간 다시 일어날 수 있는 용
기를 실어준다. 그 한마디는 당신 앞에 있는 사람의 인생에 작은 등
불을 밝혀줄 것이다.

순간과 순간이 모이면 인생이 된다. 그 순간을 조금 더 기쁘게
만들어줄 수 있는 말. 그런 말을 하는 사람이 당신이었으면 좋겠다.

'당신의 말이 누군가의 순간을 만들고, 그 말이 누군가의 인생을 만든다.'

울지 마, 괜찮아

2년 전 즈음 홀연히 유럽으로 혼자 여행을 떠났다. 어쩌면 도망쳤다는 표현이 더 어울리겠다. 한국에서의 일상을 더 이상 유지할 힘이 남아 있지 않았다. 익숙한 것들에서 벗어나 생경한 풍경과 사람들 속에 선다면, 버겁게 느껴지던 일들의 무게가 덜어지지 않을까 싶었다. 마침 외항사 승무원으로 일하던 친구가 있어 '버디티켓'이라는 지인 할인이 적용된 항공권도 구매할 수 있었다. 출국 일주일 전쯤 예매를 하고 어린 시절 우상이었던 베토벤의 성지, 오스트리아 비엔나로 향했다.

비행기에서 내린 후, 처음 맞이하는 유럽 도시의 풍경은 온종일 "우와" 소리만 자아낼 정도로 장관이었다. 정말 사람이 사는 곳이 맞는지 의심할 만큼 영화 속 풍경을 그대로 재현해놓은 것 같았다. 게다가 동양인 여자가 혼자 걸어 다니는 것을 보고, "뷰리풀, 프리

관계에 온기를 더하는 따뜻한 말

티, 엘레강스"를 외쳐대는 유럽인들의 시선 속에서, 어느 멋진 영화의 주인공이 된 것만 같아 발을 디딜 때마다 콧노래가 흘러나왔다. 멋진 풍경과 예술의 도시, 처음 본 음식들, 거기에 새로이 알게 된 소중한 인연들까지. 지쳐있던 마음이 생동감으로 차오르며 "아, 행복하다."는 말이 가슴으로부터 입 밖으로 흘러나왔다. 잃었던 미소와 행복을 다시 맛본 순간의 감동이란…… 묵직했던 마음이 새롭게 태어난 듯한 가벼운 설렘으로 물들기 시작했다.

　마음이 어지러울 때, 다소 비용이 들기는 하지만 여행만한 명약이 있을까. 특히나 고민이 있을 때 혼자 하는 여행은 정말이지 강력 추천이다. 오스트리아 비엔나와 잘츠부르크, 스위스의 프리부르와 루체른, 제네바까지 여행 내내 목적지 없이 현지인처럼 곳곳을 누볐다. 사전에 알아둔 정보 없이 그저 발길 닫는 대로 걷고, 배가 고프면 식당에 들어가고, 카페에 앉아 쉬기도 하며 오롯이 나만의 속도로 나만의 시간을 즐긴 순간들이었다. 그렇게 스위스를 마지막으로 새롭게 재정비한 마음을 가지고 한국행 탑승 수속을 하려는 때였다.
　"탑승할 수 없습니다."
　"네?"
　항공사 지상직원이 승인을 해주지 않았다. 버디티켓은 항공사의 직원 신분으로 타는 것이기 때문에 앞코가 없는 샌들을 신고는 탑승할 수가 없단다. 출국 할 때는 별다른 고지가 없었다고 하니 연신 규정상 불가하다며 다른 구두가 없냐고 물었다. 그러나 계절은 한 여름이었고 챙겨온 신발은 전부 굽 높은 샌들뿐이었다. 급한 마음에 지하상가를 찾았지만, 이미 모든 매장이 문을 닫은 뒤였다. 이를 어쩐담. 체크인 마감 시간이 얼마 남지 않았는데! 무거운 캐리어를 끌고 뛰느라 차오르는 숨도 고르지 못한 채, 헐레벌떡 탑승 수속 창구로 돌아갔다.

"신발을 사러 갔는데, 이미 가게들이 모두 문을 닫았어요. 일단 저를 들여보내주면, 면세점에서 구두를 사서 비행기에 탑승할게요."

"안 됩니다. 신발이 없으면 탑승 불가합니다."

"제가 오늘 한국에 꼭 가야 해요. 혹시 여분의 구두를 하나 더 가지고 있지는 않으신가요?"

"없어요. 이것뿐입니다."

"그럼 그 구두를 제가 사면 어떨까요?"

"안 돼요! 이건 제 구두예요! 이제 곧 탑승 수속 마감합니다. 당신은 구두를 못 구하면 비행기 못 탑니다!"

규정상 안 된다니 이해는 하지만, 정말 너무 못되고 얄밉게 말한다 싶을 정도로 일말의 인정이라는 것을 전혀 찾아볼 수 없었다. 기가 센 편도 아닌 나에 비해 그 직원은 기가 세도 너무 셌다. 어쩜 그리도 차갑고 매서운지. 유럽은 원래 인간적인 정 따위는 없는 건가 하는 의구심이 들 때쯤, 서러움이 복받쳐 올랐다. 요지부동의 차갑고 단호한 모습에, 더구나 이륙시간이 얼마 남지 않았다는 급박한 마음에 말문까지 턱 막혀버렸다. 그렇지 않아도 유창하지 않은 영어

실력인데, 그때부터는 말을 제대로 알아듣는 것조차 어려웠고, 외국어가 마치 외계어쯤 되는 것 같았다.

불과 얼마 전까지만 해도 유유자적한 행복을 주었던 여행지가 순식간에 아는 사람이 일절 없는 곳이라는 데까지 생각이 미치며 겁이 나기 시작했다. 설상가상으로 해가 저물며 어둑해져오는 낯선 거리의 풍경이 공포감을 극대화했다. 그때서야 버디티켓이 아닌 일반 티켓을 구매하자는 생각이 떠올랐는데, 아니 무슨 편도 항공권이 거의 왕복 항공권 가격인건지! 비행기 이륙 시간은 얼마 남지 않았고, 120만 원가량 한다는 이코노미 편도 항공권을 끊기엔 억울했다. 심지어 얼마 후 안 사실은 수중에 그만한 돈도 없었다.

'뭐든 처음부터 제 값 다 주고 사야 되는구나. 싸다고 좋은 게 아니구나. 세상에 공짜는 없구나.'

별 생각이 다 들었다. 할 수 있는 일이라고는 그 자리에서 그저 발만 동동 구르는 것뿐이었던 아찔했던 그때. 한국에 돌아온 후 그날을 회상할 때면, 한국 바보가 된 것 같았던 순간이라고 할 만큼 이성을 잃고 얼굴 위로 눈물만 주룩주룩 흘러내렸었다.

'나 정말 비행기 못타? 그럼 회사는 어쩌지? 호텔부터 예약을 해야 하나? 어떡하지?'

그때였다.

"Why are you crying?"

고개를 들어보니 보안요원으로 보이는 흑인 여자 한 명이 앞에

서 있었다. 동양의 조그만 여자가 홀로 서럽게 눈물만 흘리고 있으
니 궁금해서 그런가보다 싶었지만 도무지 입이 떨어지지 않았다. 자
초지정을 아는 근처 다른 직원에게 상황을 전해들은 그녀는 내게 말
했다.

"Don't cry. It's okay."

그리고 나와 함께 탑승 수속 창구로 갔다. 너는 비행기를 못 탈
거라고 못되게 말하던 여자에게로 가서 뭐라 뭐라 이야기를 하더니,
나에게 들어가자고 손짓했다. 응? 그때서야 다시 막혔던 말이 조금
씩 나오기에 들어가도 되냐고 물어보니 들어오란다. 면세점에 가서
신발을 사기로 했으니, 같이 사러 가자고. 내가 면세점에서 산다고
할 때는 눈도 깜빡하지 않더니! 고맙다고 말하는 내게 그녀는 또 이
렇게 말했다.

"울지 말라고. 괜찮다고……."

그런데 문제는 거기서 끝나지 않았다. 면세점에 파는 검정색 기
본 단화 하나가 30만 원이 넘었는데, 결제를 하려니 잔액이 부족하
단다. 유럽의 소매치기에 대비하고자 신용카드는 집에 두고 왔고,
쓸 만큼의 돈만 체크카드에 넣어 왔다는 사실이 번뜩 떠올랐다. 아
마 20만 원가량 남은 것 같아 적합한 가격의 구두를 찾았는데 사이
즈가 없단다. 발에 꼭 맞지 않아도 괜찮으니 구매하겠다는 나를 보
던 보안요원이 다시 어디론가 전화를 걸었다. 통화를 마친 후, 이곳
에서는 일단 탑승을 하고, 경유지 공항의 면세점에서 신발을 사라고
했다. 어쩜 이렇게까지 나를 도와주는 건지! 무사히 한국으로 돌아

갈 수 있다는 생각에 안도의 눈물을 흘리는 나에게 그녀는 마치 아
가를 보는 듯한 포근한 눈빛으로 또 이렇게 말했다.

"Don't cry. It's okay."

고맙다고 말하는 나에게 생색조차 내지 않던 그녀는 나를 탑승
대기구역으로 안내해준 뒤, 비행기가 있는 곳에 가서 기다리겠다고
잠시 후에 보자는 말을 남기고 사라졌다. 탑승하기 전에 꼭 연락처
를 물어봐야겠다고 생각하고 있었는데, 동선이 엇갈렸는지 그녀를
다시 보지는 못했다. 이름이라도 물어볼 것을…….

"울지 마. 괜찮아."

2년 전 스위스 제네바 공항에서 들은 이 한마디는 아마도 평생
잊지 못할 것 같다.

그녀가 나의 문제를 해결해 준 것도 너무나 감사한 일이지만, 예
상치 못한 위기의 순간, 두려워하고 있는 나에게 건넨 그 따뜻한 말
한마디. 울지 말라던, 괜찮다던. 그 말이 가슴 깊이 남았다. 인종이
다르고, 사는 곳도 다르고, 이해관계가 전혀 없는 사이였지만 내게
친절을 베풀어주었던 그 순간을 절대 잊지 못할 것이다. 영화 〈인생
은 아름다워〉에서 이루어지는 친절의 선순환처럼, 그녀가 내게 베
풀어준 따뜻한 말과 행동 덕분에 언젠가 도움이 필요한 누군가를 만
나면 그냥 지나칠 수 없을 것 같다. 따뜻한 말과 행동의 선순환.

우연히 만난 이름도 모르는 타인의 친절이 오랫동안 내 안에 따
뜻함으로 기억될 수 있다는 사실이 새삼 놀랍다. 타인의 문제를 너

만의 일로 여기고 구경하는 구경꾼이 아니라, 함께 보듬어주고 친절을 베풀어준 그녀의 말이 살아가는 동안 내내 삶에 따뜻한 색을 더해줄 것 같다.

매일 밤 기도한다. 누군가의 삶에 따뜻함을 더해줄 수 있는 말, 희망의 빛을 밝혀줄 수 있는 말. 나도 그런 말을 하는 햇살 같은 사람으로 성장하게 해달라고.

위로는 슬기롭게

　　JTBC 예능 프로그램 〈아는 형님〉에서 아역배우로 유명한 김새론이 영화 〈동네 사람들〉 촬영 당시 NG를 많이 내 당혹스러웠던 일화를 이야기했다. 무려 17번이나 NG를 낸 상황에서 감독이 건넨 어떤 한마디가 그녀에게 가장 위로가 되었다고. 과연 영화감독은 김새론에게 어떤 위로의 말을 건넸을까?

　　"괜찮아. 상엽이는 NG 21번 냈어."

　　아! 단연 최고의 한마디다. 나이차가 많이 나는 선배도 NG를 낸다는 말이 경직되었을 그녀의 마음을 따뜻하게 어루만져주었겠지. "괜찮아. NG 낼 수도 있지. 기운 내!"라는 이해하고 배려하는 말들도 물론 좋은 위로가 된다. 공감해주는 말, 이해해주는 말들에 사람들은 따스함을 느낀다. 하지만 가슴 깊숙이 스며들며 아픔을 어루만져주는 깊은 위로는 뭐니 뭐니 해도 "나도 그랬었어."가 아닐까. 동병상련의 심정을 느끼는 바로 그 순간.

회사 승진시험에서 떨어졌을 때, "다음에는 될 거야. 기운 내."라는 말과 "아, 사실은 나도 떨어졌어. 기운 내자."라는 말. 어떤 말이 더 위로가 될까.

사랑하는 사람과 이별 했을 때, "시간이 해결해주니까 너무 슬퍼하지 마." 라는 말과 "아, 마음 아프지? 사실은 나도 지난주에 남자친구랑 헤어졌어……."라는 말. 어떤 말이 더 위로가 될까. 위로가 필요한 순간에 진정으로 마음을 다독여줄 수 있는 말은 경험자의 한마디일 것이다. 남자친구를 군대에 보낸 여자들이 곰신 카페에 모여 이야기하는 것도, 아이 키우는 주부들이 맘 카페에 모여 이야기하는 것도 모두 그런 이유이지 않을까.

지난해까지만 해도 누군가에게 건네는 위로 한마디가 어렵다는 생각을 한 적이 있었던가. 주변 사람들의 주된 고민거리를 충분히 경험자의 입장에서 함께 나누며 위로할 수 있었다. 역시 겪은 만큼 따뜻해질 수 있다는 생각에 지난 힘들었던 일들이 보석처럼 느껴지던 순간들이었다. 그런데 얼마 전, 어떤 위로의 말을 건네야 할지 도무지 알 수 없었던 순간이 있었다. 가늠하기 어려운 아픔을 겪는 사람에게 무작정 "힘내요", "기운 내요.", "다 잘될 거예요."라는 말들은 오히려 허망함을 안겨줄 것만 같았던 그때.

'어떤 말을 해야 할까, 위로할 수 있는 말이 있을까……'

뇌전증을 앓는 딸을 둔 언니가 있었다. 위기의 순간을 넘기고 올해 어엿한 초등학생으로 갓 입학한 예쁜 딸이 다시 아프기 시작했

관계에 온기를 더하는 따뜻한 말

다. 갑자기 시작된 경련이 멈추질 않아 구급차를 타고 지역 대학병원을 전전하다 결국 서울대병원으로까지 옮겨갔다. 경련을 잡기 위해 투여하는 약들의 효과가 미미한 채로 한 달이 넘는 시간이 흘렀다. 작가로, 강사로 활발히 활동하던 언니는 하루아침에 병원에 묶인 신세가 되었다. 24시간을 좁은 병실에서, 독한 약에 취해 힘이 축 빠진 딸아이를 지켜보면서 버텨냈다.

처음 소식을 들었을 때, 어떤 말을 무어라 전해야 할지 막막했다. 너무 걱정하지 말라거나, 꼭 나을 거라는 말들은 어설픈 위로가 될 것만 같았다. 당사자가 아니니까 쉽게 건네는 무심한 말처럼 느껴질 것 같았다. 딸이 많이 아픈데 어찌 걱정하지 않을 수 있을까. 전문의도 어떤 장담을 할 수 없는 상황에서 상태를 잘 알지도 못하는데 꼭 나을 거라는 말은 무책임하고 남이니까 할 수 있는 말로 들리지 않을까 싶었다. 아직 조그만 딸아이의 몸을 수없이 바늘로 찔러대는 모습을 지켜봐야만 하는 엄마. 그 마음이 얼마나 두렵고 무서울까. 매일 딸아이가 약에 취해 있는 모습을 보면서 언제 다시 경련을 할지 모르는 불안함을 버텨내야만 하는 그 심정을 어떻게 가늠할 수 있을까…… 아픈 딸을 둔 엄마의 그 내밀한 심경을 감히 내가 알지 못하기에…….

'내가 경험해 보지 못한 아픔을 어떻게 위로할 수 있을까.'

아무래도 그 아픔을 말 한마디로 위로하겠다는 전제부터가 모순적이었다. 하지만 병원 생활의 외로움에 대한 자그만 위로 정도는 되어줄 수 있지 않을까? 언니의 남편은 첫째 아들을 돌보며 일을 해

야 했다. '오랜 시간, 차도가 없는 딸과 함께하는 병원 생활은 얼마나 두렵고 외로울까.'

혼자가 아니라는 생각을 전해주고 싶었다. 혼자인 것 같을 때 누군가 내 생각을 해주고 있다는 사실을 계속해서 알게 되면, 조금이나마 힘이 나지 않을까? 그래서 그저 솔직한 마음을 전해보기로 했다.

"오늘도 너무 고생 많았죠. 밥은 먹었어요?"

"언니…… 내가 해줄 수 있는 게 없어서 마음이 아파요."

"언니를 걱정하는 사람들이 많아요. 언니와 예쁜 딸을 위해 기도하고 있어요."

"언니 옆에 같이 있어주고 싶어요. 늘 생각하며 기운 보내고 있어요!"

멀리 있으니 할 수 있는 게 말 뿐인데. 아무리 듣기 좋은 말이라도 고통을 견디는 건 당사자의 몫이기에 많은 말을 전하지는 못했다.

언니를 만나러 병원에 갔을 때에도 딸이 곧 나을 거라던가, 곧 괜찮아질 거라는 말을 할 수는 없었다. 다만, 홀로 긴 시간을 버텨냈을 그 공간에 나란히 앉아, 오랜 시간 언니의 이야기를 들어주었다. 일상의 소소한 이야기들로, 소박한 웃음소리로 함께 있는 공간을 채워나갔다.

참 대단하게도 언니는 아픈 아이를 간호하는 엄마의 모습이라기엔 놀라울 정도로 평온해 보였다. 늘 밝고 유쾌했던 언니는 아이가 아픈 상황에서도 감사한 점을 찾아내며 기운을 내는 강한 엄마였다. 담담한 마음으로 밝은 기운을 잃지 않는 모습에 오히려 내가 위로를 받는 듯한 기분마저 들었다. 이렇게 단단해지기까지 얼마나 많은 아픔들을 견뎌냈을까.

집으로 돌아온 후에는 친해진 언니의 딸과 음성메세지로 고양이 대화를 나누며 놀아주곤 했다. 앙냥냥냥 하고 고양이 소리를 내며 나누는 대화인데 아이가 그걸 엄청 좋아한다. "앙냥냥냥" 하는 소리로 녹음을 해서 보내면, 웃으면서 듣고 또 듣고 한다기에 아예 인형이 말하는 것처럼 영상을 만들어 보내주기도 했다.

"엄마, 이거 어떻게 한 거야?"

모녀가 서로 신기하다고 깔깔거리며 웃는다. 병원에 함께 있어 줄 수는 없지만, 함께인 것처럼 느낄 만한 것들을 해주고 싶었다. 잠깐이나마 즐거운 시간을 보냈으면 하는 마음으로. 잠깐이나마 외로움을 느끼지 않기를 바라는 마음으로. 정신연령이 비슷한(?) 이모와 함께 놀며 즐거워하는 딸과 그 딸을 보며 웃는 엄마의 웃음소리에 오히려 내 마음이 따뜻해져오던 순간들이었다.

'좋은 말이라고 함부로 해서는 안 되고, 위로에도 지혜가 필요하다.'

이해인 수녀님의 《고운 마음 꽃이 되고 고운 말은 빛이 되고》에 나오는 글이다. 수녀님이 병상에 있을 적, 항암치료와 방사능 치료를 버텨낼 때였다. 수녀님은 평생 기도하는 삶을 살아왔고 기도하며 살아갈 사람이지만, 몸이 너무 아플 때, 문병을 온 사람들이 계속 기도만 하는 것에 거부감이 생겼다고, 야속한 생각마저 들었다고 나지막이 고백한다. 그때 수녀님에게 인간적인 위로를 건넨 사람이 있었는데, 지금은 돌아가신 고 김수환 추기경님이었다. 존경받는 고위성직자의 입에서 나온 한마디 말은 신앙, 거룩함, 기도 같은 것이 아니라 바로 이 한마디, "대단하다, 수녀"였다고…… 힘든 치료를 꿋꿋이 잘 버텨내는 수녀님을 향한 인간적인 위로.

위로에도 지혜가 필요하다는 말에 고개를 끄덕이고 또 끄덕인다. 긍정적이고 좋은 말이 어느 때에나 좋은 말이 되는 것은 아니다. 마음속 깊은 곳의 슬픔을 어루만져 주는 일은 미사여구로 멋드러진 말 한마디보다 솔직하고 인간적인 말 한마디에서 혹은 함께라는 사실을 알려주는 정겨운 행동 하나에서 시작된다.

chapter 2

관계를 얼게 만드는
차가운 말

거봐, 그럴 줄 알았어

〈렛 잇 고〉라는 노래를 대한민국 전역에 울려 퍼지게 만든 〈겨울왕국〉. 인형을 모으는 취미가 없는 나도 눈사람 올라프 인형은 구매할 정도로 최고의 인기를 누렸던 영화다.

주인공은 얼음의 여신 엘사와 그녀의 귀여운 동생 안나. 서로가 최고의 친구였던 사랑스러운 두 자매에게 엄청난 일이 생긴다. 모든 걸 얼게 만드는 힘을 가진 엘사가 안나에게 눈사람을 만들어주고, 눈더미 미끄럼틀을 만들어주며 마법의 힘으로 놀아주다가 실수로 안나의 머리에 얼음 마법을 쏘아버린다. 행복한 마법의 힘이 공포의 저주로 바뀌는 순간이다. 놀란 부모님이 해결사 트롤에게 찾아가 안나의 머리에 모든 기억을 없앤 후 안나는 건강을 되찾지만, 엘사는 통제할 수 없는 자신의 힘이 두려워 혼자만의 방에 숨어버린다. 기억이 지워져 영문을 모르는 동생은 언니를 오매불망 그리워하며 엘사의 방문을 두드리는 안타까운 장면이 그려진다.

오늘, 당신의 말은 다정한가요?

판타지 애니메이션 영화지만 왠지 친근하게 다가오는 이유는 영화 속 모습이 우리의 삶과 닮았기 때문이다. 행복한 시간을 보내다 '실수'로 동생의 머리를 얼게 만들어 자매 관계가 단절되는 영화처럼, 즐겁게 대화를 나누다 한순간의 '말실수'로 서로의 관계가 얼음이 되어 단절되는 경우가 현실에도 존재한다. 관계를 얼게 만드는 근원이 엘사에게는 '손'이라면, 사람들에게는 '입술'인 것이다.

작년 봄, 안정적으로 다니던 회사에서 부서이동을 했다. 새롭게 만들어진 부서였지만, 여러 분야를 접목해 다양한 강의를 할 수 있는 곳으로 보였다. 강사로서 입지를 다지는 좋은 기회가 될 것 같았다. 몸담고 있던 곳의 일, 동료, 거래처 직원을 포함한 모든 것이 만족스러웠던 상황에서 부서 이동이라는 결정을 내리는 게 쉽지만은 않았다. 지역 이동까지 해야 했다. 새로운 출발을 응원하는 목소리와 힘들 거라는 만류의 목소리를 동시에 등지고 새로운 곳으로 출근을 했다. 시도하는 모든 것이 순조로우면 좋겠지만, 결과를 말하자면 일주일 만에 그만두었다.

세상에서 무언가 이루어내고자 하는 꿈이 있는 나에게 일이 힘들다는 건 그만둘 이유가 되지는 않았다. 그러나 막상 출근 해보니, 강사와 지원팀의 역할이 전혀 구분이 되지 않는 부서였고 지원팀의 역할을 할 사람들이 사무직 출신의 상사들이었기 때문에 모든 역할을 어린 여자 강사들이 했다.

전임강사라는 타이틀로 조건을 상향해서 옮긴 부서였지만 일주일 내내 한 일이라고는 마트에서 장을 보고, 짐을 나르고, 종이를 잘라 붙이는 업무가 주를 이뤘다. 뿐만 아니라 잦은 회식, 수당을 주지 않는 주말 근무, 상사와 함께 퇴근해야 하는 시스템. 밤 10시, 11시, 듣기로는 새벽 1시까지 이어지는 야근 문화에 야근 수당 없음. 강의가 본업인 강사들이 의미가 불분명한 야근을 하느라 다음 날 강의 준비를 소홀히 하게 되는 상황까지 처한 당시 부서에서 버티는 것은 득보다 실이라는 판단이 명확하게 섰다. 강사에게 버릴 경험은 없다지만, 강사 역량을 강화해야 할 황금 같은 시간을 허비하고 있다는 생각을 지울 수가 없었다.

결정적으로, 남아서 해야 할 일이 없지만 밤 9시가 넘도록 퇴근을 하지 못하던 날, 몸살기가 있던 나에게 오늘은 '일찍 퇴근'하라는 부장의 말에 억울함이 밀려왔다. 밤 9시 퇴근이 일찍이라니. 심지어 술을 못 먹는 걸 알면서도, 컨디션이 안 좋을 때는 소주 한 병 사가서 먹고 자면 좋아진다는, 말도 안 되는 농담을 건네는 상사들을 뒤로하고 나오는데 화가 치밀어 올랐다. 일과 영혼을 함께 성장시키는 것, 다시 말해 일에서 소명을 찾아 나날이 성장하고픈 나의 오랜 꿈과는 거리가 멀다는 생각이 명징해지는 순간이었다.

스스로 한 결정이었지만 대비하지 않았던 퇴사였기에 많은 생각들이 머릿속을 어지럽혔다. 사직서를 쓰고 회사 밖을 나가 오후 내내 걸었다. 타지에서 모르는 길 위를 그저 발걸음에 의지한 채로 걷고 또 걸었다. 종일 빈속이었지만 배가 고픈 줄도 몰랐다. 그런 나에게 선배와 동료들은 약속이나 한 것처럼 이렇게 말했다.

"거봐요. 내가 힘들다고 했잖아요. 이제 어떻게 할 거예요?"

"내가 힘들다고 했잖아요. 이제 뭐 할 거예요?"

"거봐. 내가 힘들다고 했잖아."

퇴사 후, 전화 통화의 첫 마디였다.

많은 강사들이 호시탐탐 이동하고자 관심을 보였던 부서였지만, 신생 부서였기에 내부의 실상을 아는 사람은 별로 없었다. 경험한 건 나였고, 나로 인해 자세한 사항을 알게 된 터였을 텐데. "내가 힘들다고 했잖아."라는 말은 나에 대한 배려가 느껴지지 않는 차가운 말이었다. 따뜻했던 관계가 더 이상의 온기를 유지하거나 데워지지 않도록 '얼음'을 외치게 만드는 말, 서로의 관계를 얼게 만드는 차갑게 느껴지는 말이었다.

같은 상황에서 오랜 친구들은 이렇게 말했다.

"결정하는데도 힘들었을 텐데, 그렇게 고생을 많이 해서 어떡해. 괜찮아? 잘했어."

부서 이동을 결정하는 게 쉽지 않았을 거라는 상대에 대한 공감. 더불어, 퇴사라는 쉽지 않은 결정을 일주일 사이에 내렸을 나의 상황에 대한 이해. 공감과 이해의 과정을 거쳐 나온 그 한마디는 내게 따뜻한 위로가 되었다.

말 한마디에 이렇게 마음이 차가워지기도, 따뜻해지기도 한다는 것을 선명히 느낄 수 있었던 그때. 그 일은 따뜻한 말이 가진 힘을 더욱 중요하게 여기는 계기가 되었다.

최근 친한 동생이 체인점 빵가게를 운영하며 겪는 고충을 종종 내게 풀어놓는다. 역전에 위치해 전국에서도 잘나가는 매장을 운영하고 있는 그녀는 매출만큼의 스트레스를 겪는 듯하다. 그녀가 고충을 친한 친구가 아니라 내게 털어놓는 이유는 단 한 가지이다. 친구들에게 힘들다는 이야기를 하면, 한결같이 이런 대답이 돌아온다고.

"그래도 너는 돈을 많이 벌잖아."

자신이 겪는 힘든 상황에 대한 공감이 전혀 없는 친구의 말에 위로가 아닌 상처를 받는 것이다. 나는 그녀의 고민을 가만히 들어주며, 힘들어하는 그녀의 상황에 공감해준다. 곧잘 울기도 하는 동생의 모습이 안쓰럽기까지 하다.

"에고. 혼자서 큰 매장 감당하기가 힘들지. 지금까지 얼마나 힘들었겠어. 그래도 너무 잘해온 것 같아."

또래에 비해 돈을 많이 벌고 있다는 언지는 그 후에 한다. 지금 조금만 더 힘내서, 내년쯤 하고 싶은 것들 다 하면 좋을 것 같다고 말하면, 본인도 그렇게 할 생각이라며 고개를 끄덕이는 모습이 휴대폰 너머로도 보이는 듯하다.

말 한마디의 가치가 얼마나 큰지를 매 순간 실감한다. 나와 함께하는 사람들에게 늘 따뜻한 말을 전하고 싶다. 한 순간의 실수로 소중한 관계를 얼음으로 만드는 건 너무나 안타까운 일이니까.

세월이 흐를수록 '겸손'이라는 단어에 관심이 간다. 따뜻한 말을 건네는 사람들에게는 겸손한 마음이 내재한다. 나를 낮추고 상대를

올리는 말. 나의 의견을 내려놓고, 상대의 의견을 물어봐주는 말. 나의 관점을 잠시 내려놓고, 상대의 관점에서 바라보아주는 말. 그런 겸손한 말에 사람들은 '따뜻함'을 느낀다.

어제보다 낮아질 수 있기를. 내일은 조금 더 겸손해질 수 있기를. 나의 '말'이 서로에게 닿아 따뜻해질 수 있기를…….

쉿, 모르는 게 약이야

'임금님 귀는 당나귀 귀'이야기를 기억하는가?

신라 경문왕의 귀가 당나귀처럼 크고 길었는데, 왕의 모자를 만드는 복두장이는 그 사실을 알았지만, 누구에게도 누설하지 않았다. 그는 그 비밀을 긴 세월동안 홀로 지켜내다가, 죽기 전에 아무에게도 말하지 못했던 답답한 심정을 해소하기 위해, 대나무 숲에 가서 "임금님 귀는 당나귀 귀"라고 외친다. 그런데 그 이후로 신기하게도 바람이 불 때마다 "임금님 귀는 당나귀 귀" 소리가 바람을 타고 전국에 퍼지기 시작했다는 설화다.

어릴 적엔 '아, 비밀인데 대나무 숲에 가서 이야기하면 어떻게 해!'라며 복두장이를 탓하는 마음이 들었는데. 지금 와 생각해보니 죽기 직전까지 홀로 비밀을 지켜낸 복두장이의 인내심이 참으로 대단하게 여겨진다. 주목받는 인물의 특이한 이야기를 누군가에게 알리고 싶은 마음을 홀로 절제하고 질책했을 시간들, 죽음을 앞둔 순간까지 친구에게도 가족에게도 알리지 않고, 대나무 숲으로 향했던 그의 신의가 감탄스럽다.

복두장이가 평생 동안 누구에게도 알리지 않으며 비밀을 지킬 수 있었던 이유는 무엇이었을까?

자신의 말 한마디로 누군가가 상처 받을 수 있다는 사실을 알았기 때문일 것이다. 물론 임금에 대한 두려움의 영향도 있었겠지만, 그것 또한 그 비밀이 임금이 숨기고 싶어 하는 치부라는 것을 이해했다는 의미이다. 그는 임금의 비밀을 지켜주기 위해서 말을 삼키고 또 삼켰다. 그가 느꼈을 말의 무게가 얼마나 무거웠을까. 오롯이 혼자서 감당해야만 했던 비밀의 무게는 또 얼마나 무거웠을까.

언젠가 동료의 헤어진 남자친구가 나에게 연락을 한 적이 있다. 이름과 얼굴만 알 뿐 친분이 없었지만 대뜸 잘 지내고 있는지 안부를 물었다. 혹시 동료의 안부가 궁금한 건가 했더니 그것도 아니었다. 한번 보자고 하기에 기분이 상하지 않는 선에서 대화를 마무리했다. 번호를 알게 된 경로나 연락한 이유가 의아하긴 했지만, 굳이 묻지는 않았다. 그런데 며칠 후 또다시 일상적인 연락을 해왔고, 그때는 불쾌한 기분이 들어 답을 하지 않았다. 그녀에게 이 이야기를 전하지는 않았다. 이미 그녀는 그에 대한 미련이 없었고, 그가 여자를 너무나 좋아하는 남자였다는 사실도 알고 있었다. 하지만 그렇다고 하더라도, 한때 사랑했던 남자에 대한 이야기가 그녀에게 가벼운 일 일리 없었고, 이미 지나간 상처를 다시 떠올리게 하는 일이 될 수도 있을 테니까…….

그런데 가끔 그런 사람들이 있다.

"야, 너 전에 사귀었던 남자친구 오늘 길에서 어떤 여자랑 걸어가더라."

"어디서? 어떤 여자랑?"

"나야 모르지. 여자가 예쁘던데."

"아, 그렇구나."

"근데 네가 더 예뻐."

"……."

"모르는 게 약이다"라는 말이 들어맞는 순간이다. 남의 일에 대해 마치 신나는 뉴스 속보를 전하는 것처럼 말을 사용하는 사람들을 볼 때면 조금 안타깝다. 그들에게 말이란 무엇일까? 어떤 생각을 가지고 말을 사용하는 걸까?

말은 인간의 가장 유용한 의사소통 수단이다. 외국어에 익숙하지 않은 사람이 홀로 해외여행을 하게 된다면 얼마나 불편할까. 손짓, 몸짓, 발짓을 총동원해야 밥 한 끼를 먹을 수 있을 것이고, 숙소를 찾아가는 여정은 또 얼마나 험난할까. 편하게 영위하는 일상생활이 얼마나 더디고 번거로워질지는 겪어보지 않아도 눈앞에 생생하게 펼쳐진다. 원하는 바를 쉽게 전달할 수 있고, 이해할 수 있는 말이라는 건 인간에게 주어진 아주 값진 선물이다. 그 선물의 가치를 깨닫고 적절하게 잘 사용할 수 있는 방법이 있을까.

말하는 습관을 보면 평소에 말을 어떤 자세로 대하는지를 알 수 있다. 말을 '소통의 도구'로 사용하는 사람이 있는가 하면, 말을 '욕구 표현의 도구'로 사용하는 사람이 있다. 나와 여러분들은 말을 소통의 도구로 사용하는 사람이었으면 좋겠다. 그러기 위해서 노력하는 사람이 되었으면 좋겠다.

내 말이 상대에게 미치는 영향력을 아는 사람. 그래서 일방적으로 말을 쏟아 붓는 사람이 아니라, 이 말이 상대에게 꼭 필요한 말인지를 고민해보는 사람. 꼭 들어야 할 말이 아니라면, 그 말을 내뱉지 않고 내 안에 고요히 잠재울 수 있는 사람. 나의 말이 상대에게 상처가 되지는 않을지 신중을 기하는 사람. 그래서 영양가 있는 말들을 균형 있게 잘 전하는 사람이 되었으면 좋겠다.

단순한 호기심으로, 입이 간지러운 욕구를 해소하기 위해, 말을 사용하지는 않았으면 한다. 물론 단순한 재미로 말을 하는 경우도 있기는 하다. 수다가 그렇다. 큰 의미가 없지만 소소한 이야기들을 나누며 마음에 좋은 기운을 충전하는 때가 있다. 그러나 나에게는 수다였던 것이 상대방에게는 수모나 수치가 되지는 않았을지에 대해 섬세하게 생각해보았으면. 누구를 위해서가 아니라 스스로를 위해서 그랬으면 좋겠다.

사람들은 일생 동안 두 눈과 두 귀로 많은 것들을 보고 듣는다. 나의 이야기, 주변 사람들의 이야기, 모르는 사람들의 이야기까지 무수한 말들 속에서 살아간다. 그 다채로운 일들이 모두 대화의 소재가 된다. 대부분의 대화 내용이 사람과 관련되어 있다. 사람이 들어가지 않는 대화가 어떤 게 있는지를 생각해본다면, 하루 동안 우리가 하는 말들에 얼마나 많은 인간관계가 결부되어 있는지를 알 수 있을 것이다. 대화할 때 나누는 이야기의 대부분이 사람과 관련된 말들이라는 사실을 안다면…… 그동안 말의 무게를 얼마나 가벼이 여겼었는지를, 좀 더 신중하게 말을 대해야겠다는 생각을 하게 되지 않을까.

사람의 눈은 몇 개? 두 개다.
귀는 몇 개? 두 개다.
그러나 입은? 오로지 하나다.
두 개씩이나 되는 눈과 귀를 가지고, 경험하는 모든 것들을 더욱 주의 깊게 보고, 주의 깊게 듣게 되기를. 하나 뿐인 입으로는 보다 적게, 신중을 기해서 말하게 되기를. 그래서 우리가 나누는 대화가 타인과 나를 연결하는 불안한 흔들다리가 아니라, 튼튼한 구름다리 역할을 제대로 할 수 있게 되기를…….

딱 10초만 참아봐

'아, 조금만 참았다면 좋았을 텐데.'

'아, 그 말은 하지 말 걸 그랬어.'

가끔 이런 때가 있다. 해버린 말에 대한 후회. 그 말 한마디만 하지 않았더라면 이렇게까지 감정이 상하지는 않았을 것 같아 안타까운 순간. 시간이 조금만 지나도 후회할 말들을, 후회한다 한들 주워 담을 수 없는 말들을 그렇게 매번 하고야 만다. 더군다나 그 상대는 대개 나와 가깝고 소중한 사람들. 연인이거나 혹은 가족이거나. 서로에게 너무나 익숙하기 때문에 다듬지 않은 날카로운 말들이 서슴없이 나오는 순간……

"내 남자친구는 화만 나면 헤어지자고 해."

"헤어졌어? 왜?"

"약속시간에 몇 번 늦었거든. 화가 나면 매번 헤어지자는 말을 너무 쉽게 하는 것 같아."

"아이코. 안 그래도 미안했을 텐데, 속상하겠다."

"그러고선 시간이 지나면 또 미안했다고 다시 연락온다니까."

친구가 하소연을 했다. 헤어지자는 말을 너무 쉽게 내뱉는 남자친구에게 못내 서운한 눈치다. 비단 이 친구만의 이야기는 아니다. 많은 연인들이 헤어지자는 말을 내뱉고 주워 담기를 반복하는 경우가 많다. '아니, 다시 화해하고 사귈 거면서 애초에 헤어지자는 말은 왜 해?'라고 생각할 수도 있겠지만, 그 순간 남자친구는 감정이 고조되어 그 감정에 어울리는 격앙된 말을 해버렸을 거다. 오르락내리락하는 감정의 소용돌이에서 중심을 잡지 못하고, 불쑥 생겨난 감정에 충실한 말을 여과 없이. 그렇게 기대와 다른 데이트를 마치고 집으로 돌아간 후에 얼마나 후회를 했을까. 무심코 던져버린 말에 대해 두 손을 싹싹 빌며, 다시 여자 친구에게 눈물의 사과를 해야만 하는 상황이란……

남의 연애에서만 국한되는 이야기는 아니다. 나 또한 그렇다. 평소 신중하게 말을 하려고 노력하는 편이지만, 불쑥 화가 치밀어 오르는 순간에는 이성을 잃어버리고 오로지 감정에만 충실한 말들을 내뱉게 된다. 울그락불그락하던 감정이 내려가면 그제야 후회하는 마음이 밀려온다. 서른이 넘었는데, 아직도 아이 같은 순간이 얼마나 많은지.

화가 나는 순간, 그 화를 분노의 불덩이로 받아치지 않고 적당한 온기의 따스한 말로 건넬 수는 없을까. 조금 더 우아한 태도로. 조금 더 따뜻한 말씨로. 나이가 느는 만큼 대화의 품도 늘어나야 하지 않을까. 진짜 어른다운 성숙한 '어른의 대화'를 구사하고 싶다.

어른다운 대화란 어떤 모습일까? 아이였을 때와 어떤 점이 달라야 성숙하다고 할 수 있을까?

아이들의 대화는 많은 부분을 '감정'에 의존한다. 부모님을 따라 마트에 갔다가 갖고 싶은 장난감을 사달라고 조르는 아이들의 모습을 본 적이 있다면, 오직 감정에 따라 말하는 모습이 어떤지를 알 수 있을 것이다. 가지고 싶은데 가질 수 없는 속상한 마음에 반응한 감정을 그대로 말로 내뱉고 행동으로 표현한다. 떼를 쓰거나, 울부짖거나, 자리에 드러눕기도 하며 온몸으로 자신의 감정 상태를 드러낸다. 운이 좋으면 장난감 하나를 얻게 되기도 하지만, 대개는 혼쭐이 나는 슬픈 결말이다.

'어릴 때는 다 그렇지.' 하다가 문득, 아이들만의 모습은 아니라는 생각이 든다. 감정이 격해진 어른들의 대화도 이와 크게 다르지 않은 경우가 많다. 화가 나고 짜증이 나 감정이 격앙된 상태에서는 상대방의 감정을 배려하기보다 격해진 내 감정이 우선이 된다. 순간의 감정으로 거친 말과 행동들을 여과 없이 쏟아 붓고 난 후, 안정이 찾아오면 '아까 내가 왜 그랬지. 너무 심했나.' 하는 생각이 들며 후회하기 일쑤다. 아이의 대화와 많은 부분 닮아 있다.

말은 이성과 감정이 만들어내는 결과물이다. 이성보다 감정의 파도가 더욱 세게 밀려올 때엔 올바른 판단이 어렵고, 그때에는 현명한 말과 행동을 하기가 어렵다. 다시 말해, 감정에 치우쳐 눈앞에

펼쳐진 상황을 균형 있게 바라볼 수가 없는 상태다. 헤어질 마음이 없는 연인이 "헤어져"라고 말할 때가 바로 그 순간이다. 하지만 시간이 흐르면 밀물과 썰물이 있는 파도처럼, 감정이 흘러가고 다시 이성이 찾아오는 때가 있다. 그때가 바로 남자친구가 헤어지자고 말한 자신의 행동을 반성하고 화해의 손길을 내미는 순간이다.

사람은 이성의 동물이면서 또한 감정의 동물이기 때문에 누구나 아이의 대화를 나눌 때가 있다. 그러나 나의 말이 욱해서 나오는 실수가 아니길 바라는 마음이 있다면, 나의 말이 상대방에게 상처를 주기보다 서로의 관계에 온기를 더해주기를 바란다면, 우리는 누구나 변화할 수 있다.

아이와 어른은 기본적으로 뇌의 성숙도가 다르다.

아이들이 감정적인 대화를 하는 이유는 뇌의 변연계와 전두엽의 발달이 완성되지 않았기 때문이다. 변연계는 감정적인 정보를 처리하는 부분이고, 전두엽은 이성적이고 논리적인 판단을 하는 부분이라고 볼 수 있는데, 변연계는 사춘기가 지나야 완성되고, 전두엽은 20대 중후반이 되어야 완성된다. 아이들은 감정과 이성을 담당하는 뇌의 부분들이 덜 발달되었기 때문에 자신이 느끼는 감정을 알아차리기도 어렵고, 그러므로 그 순간 느끼는 감정에서 한걸음 물러나서 바라본다는 것은 불가능에 가깝다. 감정에 크게 휘둘리고 이성적인 판단을 하는 것이 어려울 수밖에 없는 나이다. 슬플 때는 세상이 무너질 것처럼 엉엉 울고, 행복할 땐 세상을 다 가진 것처럼 깔깔거리는 것이 바로 그 때문이다.

그렇다면 정상적으로 뇌가 발달된 성인임에도 불구하고 감정이 격해지는 순간, 참을 수 없는 분노를 쏟아내는 이유는 무엇일까?

'쉼'이 없기 때문이다. 예기치 않은 상황에서 불쑥 생겨나는 감정들에 쉼 없이 반응하기 때문에. 화가 치미는 순간, 짜증이 치미는 순간, 그 감정으로 상대에게 말을 쏟아 붓기 전에 감정이 쉴 수 있는 시간을 가져본 적이 있는가?

쉼은 어린아이에게도 적용될 만큼 효과가 아주 좋다.

9살, 8살로 한 살 터울의 연년생 자매인 친구의 딸들과 함께 놀고 있을 때였다. 이층 침대의 2층에서 인형을 가지고 놀고 있는데, 언니가 동생을 올라오지 못하게 막으며 밀어냈다.

"내려가. 2층은 내 침대야."

"아, 밀지 마. 나도 올라갈 거야."

"내려가라구! 내 침대야. 내려가."

언니에게 동생을 올라오지 못하게 하는 이유를 물어봤더니, "엄마가 수현이는 위험하다고 올라오지 말라 그랬어."라며 동생에게 내려가라고 세게 발길질을 했다. 급기야 개구진 표정을 하고 2층으로 올라오던 동생의 얼굴이 울상이 되기 시작했다. 방금 전까지만 해도, 하하 호호 셋이서 재밌게 놀고 있었는데, 갑자기 대성통곡할 것 같은 분위기라니. 그때 마침, 아이교육 전문가에게 배웠던 촛불 끄기 게임이 떠올랐다.

서러운 감정에 울기 시작한 아이에게, "수현아~ 자, 이모 손가락 보이지? 이모 손가락에 촛불 좀 꺼볼까?" 하고 '후'하면서 손가락 하나를 접으며 불을 끄는 시늉을 해보였다. "이번에는 수현이가 꺼볼까? 세게, 길게 후하고 불어야 꺼져요." 아이는 후하고 손가락 촛불을 끄기 시작했다. 다섯 개의 손가락 촛불을 모두 끈 후에는 재미있어 하며 까르르 웃더니 다시 천사 같은 미소를 보여주었다. 고조된 감정이 어느 정도 안정을 되찾은 것 같은 때, 이렇게 말해주었다. "언니가 수현이를 못 올라오게 한 건 수현이가 떨어질까 봐 걱정이 돼서 그런 거야. 수진이 언니는 수현이를 사랑하니까." 그리고 1층으로 내려가서 아무 일도 없었다는 듯 까르르 웃으며 셋이 함께 즐거운 시간을 보냈다.

언니가 너를 걱정하고 사랑한다는 말을 아이가 울고 있을 때 했다면, 그 말이 아이의 마음에 가 닿을 수 있었을까? 아마 서러운 마음에 부딪혀 튕겨져 나가고, 자신의 마음을 알아달라는 울음소리만 더 커졌을지도 모른다. 하지만 속상한 마음에서 촛불 끄는 데로 관심을 옮기고, 후하고 바람을 부는 행동으로 아이가 안정된 호흡으로 돌아온 뒤에는 나의 말을 받아들일 마음의 여유가 생겨났다. 스스로 감정을 조절하기 어렵기 때문에 의도적으로 문제에서 벗어나도록 시선을 돌리고, 편안한 호흡을 유도해 서러운 감정을 조절할 수 있었던 것이다.

우리 어른들은 감정이 격해지는 순간에, 누군가가 손가락을 들이대며 "촛불 끄세요." 하지는 않을 테니, 스스로 마음의 불을 끌 수 있는 10초의 쉼을 가져보길 바란다.

'잠깐만. 내가 지금 화가 나지만 10초만 쉼 호흡을 해보자.'

순간적인 감정에 반응하기보다 이성적으로 안정을 찾기 위한 노력을 해본다면, '아, 그 말만은 참을걸.' 하는 말실수는 눈에 띄게 줄어들 것이다. 딱 10초 동안 나의 감정을 알아차리고, 고조된 감정을 내려 앉히는 연습을 해본다면, 감정에 반응하기만 하던 것에서 감정을 스스로 조절할 수 있다는 놀라운 사실을 알게 될 것이다. 뇌의 발달이 완성되지 않은 아이들도 쉼을 통해 감정을 조절하고, 마음의 여유를 가질 수 있었으니, 어른은 말해 무엇할까.

순간적인 감정이 몰아칠 때, 당신의 우아하고 따뜻한 대화를 위해 딱 10초만!

내 감정이 격해지는구나 싶을 때, 잠깐만, 쉼 포인트!

처음엔 어색하겠지만, 연습하다보면 어느 순간 '어른이 대화'가 아니라 '어른의 대화'에 능숙해지는 모습을 발견하게 될 것이다.

'괜찮아', 정말?

　꼬맹이 시절, 공포의 장소 1순위는 소아과였다. 그맘때 맞아야 할 예방주사는 또 어찌나 많은지! 뾰족하고 얇은 주사바늘이 내 살을 뚫고 들어가는 상상만으로도 이가 앙 다물어지고 눈살이 찌푸려졌다. 소독 솜과 주사기를 가지고 나를 향하는 간호사 언니의 모습을 볼 때면 어찌나 으스스하던지! 사실 어른이 된 지금도 주사와는 친해지지 못했다. 몸살이 나도 여간 아픈 게 아니면 "주사는 안 맞아도 되죠?" 묻곤 하니, 아마도 영원히 내외할 사이인가 보다. 그러나 네 살 터울의 남동생은 달랐다. 병원만 가면 늘 의사에게 주사기를 선물로 받아왔다. 궁금증이 일었다. 분명히 같은 병원에 데려갔을 텐데. 나는 한 번도 주사기를 선물 받은 적이 없는데, 동생은 어떻게 매번 주사기를 가지고 돌아오는 걸까.

　그 해답을 알아내기 위해 동생이 병원에 가는 날 따라 나섰다가 눈앞에서 놀라운(?) 광경을 목격했다. 내 동생은 정말이지 너무나,

너무나 멋졌다! 어쩜 저렇게 아무렇지 않게 주사를 맞을 수 있지? 안 무서운가? 아프지 않은가? 어린아이가 의젓하게 주사를 잘 맞는 모습을 본 의사는 "아이고. 주사도 잘 맞고. 참 잘 참네! 선물로 주사기 줄게요."라고 말했다. 아, 주사를 잘 맞아서 주사기를 받아온 거였구나! 의사에게 받아본 게 달콤한 풍선껌이 전부였던 나는 신선한 충격에 휩싸여 집으로 돌아오는 길에 동생에게 물었다.

"찬아. 너는 주사 맞는 거 안 무서워?"

"응. 나는 안 무서워!"

"진짜? 주사 맞을 때 안 아파?"

"응. 안 아파! 나는 주사 맞을 때 간지러워!"

"와…… 부럽다! 주사를 잘 맞으면 병원에서 주사기도 주는구나. 누나는 늘 껌만 줬는데."

"이 주사기 누나 줄까?"

"진짜?"

"응 나는 저번에도 받았는데! 이건 누나 줄게!"

참 귀엽지 않은가. 아무리 그래도 주사가 간지러웠을 리가. 그때는 동생의 말을 듣고 주사의 고통이 사람마다 다른 줄 알았다. 내가 다른 아이들보다 피부가 예민해서 주삿바늘이 더 아프게 느껴진다고 생각했다. 사람마다 미묘한 감각의 차이가 있기야 하겠지만 어린아이들에게 주사는 분명히 아팠을 거다.

나는 늘 좋으면 좋다고 말했고, 아프면 아프다고 말했고, 힘들면 힘들다고 말했다. 내가 느끼는 기쁨, 슬픔, 아픔과 같은 생각이나 감정들을 때마다 잘 드러내고 말했다. 참으려고 노력하지 않았다.

'참다'라는 뜻을 검색해 보면 '억누르다, 견디다'로 풀이가 되는데, 나에게 '참다'와 '견디다'는 조금 다른 의미로 다가온다. 나는 참는 것은 잘 못했지만 견디는 것은 잘했다. 오래 달리기를 할 때면 절대 중간에 포기하지 않았다. 그렇게 제일 마지막까지 남아 가쁜 숨을 견뎌내면서 "아, 힘들어. 아 숨차! 쓰러질 것 같아!" 말하곤 했다. 그러면 함께 달리거나, 달리기를 포기한 친구들이 "힘들면 그만해. 너 진짜 쓰러질 것 같아."라고 했는데, 그 말을 들을 때면 오기가 발동됐다. '포기할 수 없지. 나는 해낼 거야!' 결국 1등을 해냈던 기억.

아기였을 때, 수두에 앓은 적이 있다. 수두에 걸린 아이들은 간지럼을 견디지 못하고 손이 자주 얼굴로 향해서 흉터자국을 하나쯤은 얻는다는데, 내게는 작은 흉 하나도 찾아볼 수가 없다. 여자 얼굴에 흉이 지면 안 된다고 생각했던 엄마가 내게 말했단다.

"슬기야. 간지러우면 방바닥을 긁어! 얼굴 긁으면 안 돼."

그때의 간지럼은 기억이 나지 않지만, 내가 그렇게도 잘 견뎠단다. 얼굴에 흉터가 생기면 안 된다는 일념하에! 그러면서도 말했겠지.

"아, 간지러워!"

주사를 맞으면서 아프다고 징징대지 않았던 동생은 잘 견디면서 동시에 잘 참기도 했던 거고, 주사를 맞으면서 아프다고 징징거리던 나는 잘 견뎌내긴 했지만 그 감정을 참지는 않았던 거다.

비단 이것이 주사만의 이야기일까?

피할 수 없고 견뎌내야 하는 존재가 있는가. 가족인가. 연인인가. 친구인가. 직장 동료인가. 혹은 사람이 아닌 일일 수도 있겠다. 마주하면 나를 아프게 하는 존재, 마주하기가 두려운 존재로 인해 당신의 마음은 아프고 두렵지만, 매번 '괜찮아.'로 일관하고 있지는 않은지…….

효녀인 친구가 있었다. 직장에서는 실적 압박에 시달리고 집에서는 딸에게 의지하는 엄마가 기다리고 있었다. 친구의 엄마는 퇴근한 딸에게 불만거리들을 늘어놓으며 하소연을 했다. 그렇게 평일 내내 기운을 쏟고 나면 그녀는 체력이 모자라 주말에는 꼼짝없이 집에서 쉬어야 했다. 1년이 흐르고, 2년이 흐르며 스트레스는 점점 쌓여갔다. 나와 전화를 할 때면 요즘 소화가 되지 않는다며 직장에서 받는 스트레스를 이야기했고, 집에 가서도 마음 편히 쉴 수가 없다고 했다.

"엄마한테 힘들다고 말씀 드리는 건 어때?"

"집에 가면 늘 하소연하는데, 그런 엄마한테 힘들다는 얘기를 어떻게 해야 할지 모르겠어."

"평소처럼 엄마 이야기 잘 들어드리고, 공감도 해드린 후에 너도 요즘 직장에서 어떤 점이 많이 힘든지, 그런 말을 해야 엄마가 네가 힘든 걸 알 수 있지 않을까?"

"나는 집에 가서 직장에서 힘든 얘기는 한 번도 해본 적이 없어."

그렇게 부모님께 힘들다는 얘기를 해본 적이 없다는 친구는 시간이 갈수록 점점 쇠약해져갔다. 밝고 긍정적인 그녀가 점점 울적해보이고 어두워지기 시작한 지도 오래되었다. 스스로 병원에 가서 우울증 검사를 받아봐야 할지 고민하기도 했다. 내가 이직을 하거나 잠깐 일을 쉬는 게 어떻겠느냐고 진지하게 제안을 할 정도로 건강 상태가 좋지 않았다. 그러나 그녀는 회사를 그만둘 용기도, 이직을 할 용기도, 부모님께 힘들다고 이야기할 용기도 없었다. '나 하나만 참으면…….' 나만 참으면 모두 다 괜찮다고 생각했다. 그렇게 2년이라는 시간이 흘렀다.

"나 회사 그만두기로 했어."

"잘 했어! 그동안 너무 고생 많았으니까 잠깐이라도 좀 쉬어."

그녀가 어려운 결정을 할 수 있었던 이유는 그간 참아오던 자신의 감정을 엄마에게 털어놓으면서부터였다. 대기업 정규직이면 여자가 결혼하기에 괜찮은 조건이니 결혼 전까지 무조건 회사를 다녀야 한다는 부모님의 뜻을 거스르기 어려웠던 그녀. 스스로는 아닌 것 같았지만 견뎌내고 참아내다 그간 힘들었던 솔직한 심정을 꺼내놓으면서 가족과의 소통이 시작되었다. 한 사람이 참는 관계가 아니라 서로를 이해하기 위해 말하고 들어주는 대화가 시작된 것이다.

견디는 것과 참는 것은 다르다. 내 앞에 놓인 상황이나 문제를 바꿀 수 없다면 견뎌내야 하겠지만, 그럼에도 불구하고 힘이 들고 지칠 수 있다. 힘들고 지칠 때 가끔 짜증이 나거나 울고 싶은 감정은 너무나 당연한 감정 아닌가. 그 감정을 그 상황에 함께 있는 사람들과 나눌 수 있는 관계가 건강한 관계가 아닐까. 좋을 때만 곁에 있는 사람이 무슨 가족일까. 기쁠 때만 내 곁에 있어주는 사람이 무슨 연인일까.

늘 괜찮다고 참던 사람들이 괜찮지 않다고 이야기하기 위해서는 용기가 필요하다. 내가 참지 않아서 평화가 깨지는 것 아닐까 하는 죄책감. 내 말을 인정해주지 않으면 어떡하나 하는 불안함. 오히려 자기 마음을 알아달라고 더 큰소리치는 게 아닐까 하는 두려움…… 그 평화를 깨고 싶지 않은 마음, 괜히 문제를 일으키고 싶지 않은 마음은 충분히 이해가 된다.

그래서 지금 내 마음도 평온하다면 문제가 될 것은 없다. 내 마음이 정말 괜찮다면 괜찮은 거다. 하지만 내 마음이 괜찮지 않은데 애써 괜찮은 척하고 있는 거라면…….

'왜 내 마음을 몰라주나. 내 생각도 좀 해주면 안 되나. 나도 힘들다고.' 끊임없이 아우성치고 있는 작은 내 모습들이 보이지 않는가?

당신의 마음에서 부단히 '내 마음 좀 알아줘.'라고 외치고 있는 걸, 외면하고 참고 있는 사람은 다른 누구도 아닌, 연약한 자신이다. 아무리 가까운 사이라도 내가 느끼는 감정들을 내가 소리 내어 말해주지 않으면 그 누구도 알 길이 없다. 끓는 냄비에 열기가 차오르고 차오르다 보면, 어느 순간 끓어 넘치듯이. 괜찮다고 괜찮다고 그렇게 꾹 참고 있다가 어느 날 폭발해버린다면, 그게 더 두려운 일 아닐

관계를 얼게 만드는 차가운 말

까. 그게 더 무서운 일 아닐까.

나를 위해서가 아니라, 나의 건강한 관계를 위해서. 나를 위해서가 아니라 나의 건강한 삶을 위해서. 나를 위해서가 아니라 나의 건강한 사랑을 위해서.

이 삶을 참지 않고, 잘 견뎌내기를.

널 위해서 하는 말이야

1년 전 누군가 말했다.

"너는 아빠가 힘들게 키웠으면 좀 현실적으로 살아야지. 하고 싶은 공부 다 하고, 도전하고 싶은 것 다하고. 마음은 또 여려서 눈물도 많고. 부잣집에서 태어난 공주님처럼 말이야. 한 푼이라도 더 벌어서 보탬이 될 생각을 해야지. 시집은 안 갈 거니? 나니까 이렇게 얘기해주는 거야. 다른 사람들은 너 이기적이라고 안 좋아해."

"이런 얘기 하면 또 상처받을까 봐 걱정이야. 내가 너를 사랑하니까 해주는 말이야. 누가 이런 말을 해주겠어."

정말 나를 사랑해서 하는 말인가요? 묻고 싶었다. 주어진 나의 삶에 감사하며 꿈을 이루기 위해 노력하는 내 모습을 좋아했던 나인데, 그녀는 그 모습을 이기적이라고 표현했다. 사건의 발단은 선 자리를 거절하면서부터였다. 인물도, 직업도, 집안도 모두 좋은 남자가 있다고 몇 달 전부터 연락을 해왔는데, 매번 거절하니 마음이 상

관계를 얼게 만드는 차가운 말

했던 걸까. 주위 사람들이 모두 주선하고 싶어 하는 사람이라며 나의 사진을 보여주고 하는 일까지 모두 말했다는데 사실 기분이 썩 좋지 않았다. 생각해주는 건 정말 고맙지만 만날 마음이 없다고 했다. 그랬더니 우리 집과 상대편 집안의 격차를 확실히 꼬집으며 말했다. 너는 너 하나 빼면, 뭐 볼 거 있느냐고. 그 외에도 내게 상처를 주는 비수 같은 말들을 수없이 내리꽂았고 나는 그 자리에 서서 한참을 아파했다.

정말 감사하게도 그 말을 듣기 전까지는 말로 아팠던 기억이 없다. 주위에 늘 나를 믿어 주고, 응원해주며 아낌없이 사랑을 주는 사람들뿐이었나 보다. 나의 가족도, 친구도, 심지어 회사 사람들까지도 따뜻한 말로 서로를 보듬었다. 초등학생 때 학교에서 말싸움(?) 왕으로 재패하고 다니던 시절을 제외하면, 자라면서 친구와 다투었던 적도 없다. 꽃으로도 때리지 말라는 말처럼 서로를 존중하고 인정해주는 관계 속에서 살아가고 있다는 사실이 늘 감사했다.

그런데 내게 관심과 사랑을 준다고 믿었던 사람, 가끔은 엄마 대신이라고도 생각했던 사람에게 들은 그 말들은 그녀와 다시 연락하는 것을 주저하게 만들었다. 사랑한다는 말로 또 상처를 줄 것 같아 두려웠다.

그녀의 말을 부정할 생각은 없다. 나는 이기적일 때도 있고, 한없이 여릴 때도 있다. 하지만 가끔 연락하는 그녀가 나의 삶을 온전히 이해하지는 못한다. 내가 그때에 잠을 줄여가며 목표를 위해 어떤 노력을 하고 있었는지. 나의 꿈을 잃지 않기 위해 그동안 어떻게 살

오늘, 당신의 말은 다정한가요?

아왔었는지를. 늘 곁에 있는 사람이라도 알 수 없을 그 긴 인생의 여정들을 이기적인 것, 현실적이지 못한 것, 공주처럼 사는 것이라고 치부해버린다면 조금 많이 억울하다. 만약 내게 이기적이라고 말할 자격이 있는 사람이라면…… 그건 나와 함께 살아온 나의 가족뿐이지 않을까 싶었다.

하지만 아빠는 늘 내 꿈을 든든하게 응원해주고 지지해주는 사람이었다. 언제나 나를 믿어주고 기다려주는 따뜻한 아빠의 모습을, 그녀는 "너희 아빠는 너를 포기했겠지."라고 표현했다. 더 이상 대답할 말이 떠오르지 않았다. 모범생으로 자랐고 교우관계도 참 좋은 나였는데, 모르는 사람이 들으면 내가 무슨 문제아이겠거니 했으리라. 하나뿐인 남동생도 늘 우리 누나가 최고라며 나를 믿어주는 또한 명의 든든한 응원군인데. 그러나 그녀의 말이 맴돌던 그 순간에는 소중하다고 여겼던 나라는 존재의 가치가 사라져버린 것 같았다.

'팩트 폭행'

사실을 적나라하게 말해서 상대를 아프게 하는 행위를 뜻하는 말이다. 같은 의미로 요즘은 '뼈 때리는 말'이 더 자주 사용된다. 팩트에 폭행이라는 단어를 붙이는 이유는 한마디 말이 폭행을 당하는 것만큼 아프기 때문이다. 뼈를 때린다는 것도 그와 같은 맥락이다. 이 같은 말들은 듣는 사람의 마음에 깊은 상처를 남길 수 있다. 몸에 난 상처는 시간이 지나면 사라진다지만, 마음에 깊게 패인 상처는 어떻게 치유할 수 있을까. 우리는 이토록 무자비한 타인의 말들에 무방비 상태로 공격당하며 아파할 수밖에 없는 걸까?

팩트 폭행이라는 행위에 면죄부를 주기 위한 것은 아니지만, 그 말이 상처로 남느냐 그렇지 않느냐를 결정하는 것은 온전히 말을 들은 사람에게 달려 있다.

마른 사람이 뚱뚱하다는 말을 들으면, 그 말이 마음에 상처로 남을까? 절세미인이 못생겼다는 말을 들으면, 그 말이 마음에 상처로 남을까?

당신이 그 말을 받아들이지 않는다면, 그 말은 당신에게 상처를 줄 수 없다. 그러나 누군가 던진 아픈 말이 인정하고 싶지는 않지만 스스로가 생각해도 사실인 것 같을 때, 자존감은 무너진다. 무너진 자존감의 파편에 찔린 상처는 언제 회복될지도 모른 채, 정처 없이 고통 속을 헤맨다.

그런데 그 말이 정말 사실인 걸까? 누가 들어도 사실인가? 그렇다면 언제까지 그 말이 사실인지?

예를 든다면, 취업보다 꿈을 이루기 위해 도전하는 내가 현실적이지 않다는 그녀의 솔직한 말은 그녀에게는 사실일 수 있겠다. 그러나 다른 누군가는 대견스럽게 여길 만한 일이기도 하고, 누군가는 용기 있는 사람이라고 말하기도 하는 게 사실이다. 차근차근 꿈을 향해 도전해서 원하는 목표를 이루었을 때는 또 어떨까? 그때에도 내가 현실감각이 없는 사람이라고 할 수 있을까?

사람은 자신이 살아온 틀 안에서 생각하고 판단한다. 누군가 당신의 존재를 부정적으로 판단해버리면 열려 있던 마음이 일순간 닫혀버릴 수 있다. 하지만 타인의 판단을 스스로 받아들이느냐 받아들이지 않느냐는 본인만이 선택할 수 있다. 어떤 말도 당신이 인정하지 않는다면 당신에게 상처를 줄 수 없다. 잠깐 동안 아플 수는 있겠지만, 그 이후에 그 말에 어떻게 반응하느냐에 따라서 잠깐의 아픔일지 상처로 남을지가 결정된다.

누구에게나 옳고, 어느 때에나 옳은 사실이 하나 있다. 누가 무슨 말을 하든 그게 당신의 전부가 아니라는 사실이다. 그러니까 누가 말로써 당신을 아프게 한다면 '그렇게 생각할 수도 있겠구나. 하지만 그게 전부는 아니야.'라고 생각해주었으면 좋겠다. 그렇게 그가 생각하는 당신의 모습이 아니라, 스스로 생각하는 자신의 모습에 집중하는 게 어떨까? 한 번 들어도 아픈 말을 계속해서 스스로 떠올리며 자신을 때리지는 않았으면 좋겠다.

사람은 누구나 저마다 내면에 존재하는 고유함이 있다. 모두가 각기 다른 자신만의 고유함을 가지고 있다. 그러니까 낮아지지 않아도 된다. 작아지지 않아도 된다. 이미 지금 그대로도 충분하다. 누군가 당신을 아프게 한다면, '그렇게 생각할 수도 있겠구나. 하지만 그게 전부는 아니야. 내 안에는 나만이 가진 빛나는 힘이 있어.'라고 생각해주면 좋겠다. 당신이 생각하는 당신의 모습이 사실이다. 사실은 그런 거다!

관계를 얼게 만드는 차가운 말

chapter 3

마음과 마음을
연결하는 말

대화야? 혼잣말이야?

"자퇴하려는 학생과 반대하는 선생님의 역할을 정해서 서로를 설득해보세요."

강의 시간에 주어진 과제였다.

팀별 대표를 정하고, 선생님과 학생 역할로 나눈다. 선생님 역할을 맡은 사람은 학생 역할을 맡은 사람의 마음을 돌려야 하고, 학생 역할을 맡은 사람은 자퇴하겠다는 자신의 입장을 끝까지 고수해야 이길 수 있는 역할극이었다.

누가 봐도 학생 역할을 맡은 사람이 유리했다. 이유야 어찌됐든 우기기만 하면 이길 수 있어 학생 역할을 하겠다는 사람은 많았지만, 선생님 역할을 맡는 것은 부담스러워했다. 결국 선생님 역할은 다수결로 정하게 되었는데, 우리 팀에서는 내가 지목됐다. 반 묶음으로 올린 머리가 딱 선생님 같다면서. 팀 대항전이 시작되었다.

"선생님, 저 자퇴할래요."

"자퇴? 자퇴하면 뭐할 건데?"

"그냥 학교 안 다니고 놀 거예요."

"학생이 공부를 해야지. 놀기만 하면 어떡해."

"전 공부하기 싫은데요. 놀고 싶은데요."

"학생이 공부를 해야지. 그래야 졸업하고 대학도 가지. 지금은 그럴 때야."

"싫은데요. 보아도 학교 안 다니고 성공했잖아요. 저도 성공할 수 있어요."

"보아는 가수잖아. 그건 특별한 경우야."

"저도 연예인하면 되죠 뭐."

"연예인 되는 게 쉬운 게 아니야……."

"선생님이 그걸 어떻게 아세요? 아무튼 전 학교 안 다닐래요!"

여러 팀들의 대결이 있었지만, 대부분 위와 같은 대화에서 크게 벗어나지 않았다. 물론 승자는 학생이었고 모두가 학생이 이기는 게임이라고 생각하고 있던 중 내 순서가 되었다.

"선생님, 저 자퇴할래요."

"자퇴? 혹시 자퇴를 하려고 하는 특별한 이유가 있니?"

"아니요. 그런 거 없어요. 그냥 학교가 다니기 싫어서요."

"아, 소혜가 요즘 학교 다니기가 싫구나. 혹시 학교에서 힘든 일이 있는 건 아니야?"

"아뇨. 그런 건 아니고 그냥 공부하기 싫어요. 놀고 싶어요."

"아, 그렇구나. 선생님은 혹시나 선생님이 모르는 힘든 일이 있나 해서 걱정했는데, 그건 아니라고 하니까 다행이다. 우리 소혜가 공부하기 싫고 놀고 싶구나. 선생님도 어렸을 땐 매일 놀고 싶었던 것 같애. 그래서 수업 끝나고 친구들이랑 신나게 놀았었는데, 소혜도 수업이 끝나고 난 다음에 노는 건 어때? 그럼 되지 않을까?"

"아니요. 학교를 안 다니고 놀고 싶어요. 학교 안 다녀도 보아처럼 성공할 수 있는데 굳이 학교에서 공부할 필요가 없을 것 같은데요."

"음 그래. 소혜 말이 맞아. 그런데 보아는 학교를 그만둘 때 가수가 되겠다는 꿈이 있었어. 학교에서 수업을 듣는 대신 노래와 춤 연습을 열심히 했거든. 그래서 꿈을 이루고 성공할 수 있었던 거야. 우리 소혜는 꿈이 있어?"

"아니요. 저는 꿈같은 거 없는데요."

"음…… 소혜야. 선생님은 우리 소혜를 정말 많이 사랑하거든. 그래서 하는 말인데, 학교는 공부만 하는 곳은 아니야. 선생님도 만나고 친구들도 사귀면서 소혜가 뭘 잘하는지, 뭘 하고 싶은지 함께 찾아가는 곳이기도 하거든. 우리 소혜도 보아 언니처럼 꿈이 있다면 분명히 성공할 수 있을 거야. 우리 소혜가 꿈을 찾을 동안, 그 꿈을 찾을 수 있도록 선생님이 옆에서 도와주면 안 될까?"

"……."

"선생님한테 소혜 꿈을 같이 찾을 수 있도록 기회를 좀 주면 안 될까?"

"…… 좋아요……."

순간 학생 역할을 맡았던 상대의 말문이 막혔다. 잠깐의 정적이 흘렀고, 그녀의 눈가가 촉촉해지기까지 해 분위기가 호들갑스러워졌다.

"이 게임에서 선생님이 이긴 건 처음 봤어요."

강사의 말과 함께 사람들의 박수를 받으며 나는 학생의 자퇴를 막은 영광스러운 선생님이 되었다.

소통이 화두가 된 지 오래다. 소통, 소통, 소통. 어딜 가나 소통이 중요하다 말하며, 소통을 잘하는 방법에 대한 강의가 셀 수 없을 정도다. 강의를 들을 때면 당장 소통 전문가가 될 것만 같다. 모든 인간관계가 평화로워질 것만 같다. 그러나 강의장을 벗어나는 순간 다시 현실과 마주하게 된다. 도저히 이해가 되지 않는 사람, 이해하고 싶지 않은 사람들을 어렵지 않게 만나게 된다. 많은 사람들이 한목소리로 말한다. 인간관계가 참 어렵다고.

다시 위의 이야기로 돌아가 보자면, 선생님 역할을 맡은 모든 이들은 '학생의 자퇴는 무조건 안 된다'고 생각하고 대화를 시작했다. 학생의 자퇴를 반대해야 이길 수 있다고 생각했을 것이다. 그래서 결과는? 학생의 막무가내 고집스런 주장에 당해낼 수 있을 리 만무하다.

내가 달랐던 점은 두 가지였다. 먼저, 이겨야 한다는 생각을 하지 않았다. 그저 학생과 '대화'가 하고 싶었다. 물론 가상 상황이긴 했지만, 학생의 생각이 궁금했다. 자퇴를 하려고 하는 이유가 무엇

마음과 마음을 연결하는 말

인지, 학교생활이 힘든 것인지 아니면 이루고 싶은 다른 목표가 있는 것인지…… 상하관계인 선생님과 학생이지만, 상대방이 어리더라도 그의 생각을 물어보지도 않고 무조건 잘못되었다고 치부하는 것은 오만과 편견일 수 있다. 제인 오스틴의 《오만과 편견》에서처럼 그러한 태도는 소통의 부재와 단절을 야기하는 지름길이다.

소통을 하려면 서로의 마음이 통해야 한다. 마음이 통하려면 상대방이 어떤 말을 할지 진심으로 '궁금해 해야' 하고, '들으려는' 의지가 있어야 한다.

'나는 당신이 알고 싶어요.'

'나는 당신의 생각이 정말로 궁금해요.'

옳고 그름을 염두에 두지 않고 열심히 들어주는 것. 자신의 잣대를 들이밀지 않고 상대방의 입장에 서서 이야기를 들어주는 것. 나와 생각이 다르다면 "그건 아니야."가 아니라 그렇게 생각하는 이유가 무엇인지 궁금해하며 서로의 간격을 줄이려는 노력이 필요하다. 그리고 긍정적인 생각에 초점을 맞춘 적절한 질문을 함으로써 상대가 놓칠 수 있는 생각들을 스스로 깨닫게 해준다면 그야말로 금상첨화다.

나는 내 이야기를 하기보다는 학생의 이야기를 들어주었다. 자퇴하려는 이유를 궁금해했고, 내가 알지 못하는 힘든 일이 있는 것인지 물어보았다. 놀고 싶다는 생각을 인정해주었다. 정성스러운 태도로 들어주면서 적절한 질문을 이어간 결과, 학생은 마음을 열었고 감동을 했다. 대화를 나누기 전, 꿈을 찾아주겠다는 말로 자퇴를 막아야겠다는 생각은 전혀 하지 못했다. 다만 학생이 옳은 방향을 찾을 수 있을 거라는 믿음을 가지고 그 마음을 잘 들어주고, 공감해주다 보니 새로운 길이 열린 것이다.

처음부터 자퇴는 절대 안 된다는 생각을 가졌더라면 학생은 대화 상대가 아니라 문제아가 된다. 상대방에게 문제가 있다고 생각하는 순간, 그 대화는 소통에서 멀어지게 된다.

정답은 없다. 그런데 많은 사람들이 자신만의 정답을 만들어놓고 대화를 시작한다. 정해진 답 속에서 시작하는 대화는 진짜 대화가 아니라 '혼잣말'일 뿐이다.

"나는 몇몇 과목의 시험에서 낙제를 받았다. 하지만 내 친구는 모든 과목의 시험을 통과했다. 지금 그 친구는 마이크로소프트의 엔지니어이고 나는 마이크로소프트의 오너다."

세계 최대의 성공을 거둔 빌 게이츠는 모든 이들이 선망하는 하버드 대학을 중퇴했다. 물론 휴학이 중퇴로 이어진 것이긴 하지만 학창시절, 해야 하는 공부보다 하고 싶은 공부에 몰두했던 그였다. 그가 지금과 같은 세계적인 CEO가 아니라 학생이었던 시절, 세계 일류대학 하버드에서 학업을 중단하겠다고 상담해왔다면 우리는 뭐라고 이야기했을까?

Listen, carefully!

'오늘 점심은 비빔밥이다!'

기운이 빠지는 날에는 가장 좋아하는 비빔밥 맛집으로 간다. 갖가지 채소와 계란 반숙 위로 뜨거운 김이 모락모락 나는 비빔밥을 한 그릇 뚝딱 하고 나면 왠지 기운이 충전되는 느낌이랄까.

딱 그런 날이었다. 기운 충전이 필요한 날. 교육생이 반응이 없기로 소문이 난 곳의 강의를 마친 날이었다. 벽을 보고 이야기하는 것 같다고 우스갯소리를 할 만큼 소통하는 강의를 끌어가기 위해서 많은 에너지를 소모했다. 강의도 '강사와 교육생의 대화'이기에, 강사가 말을 할 때 반응이 좋은 경우와 그렇지 않은 경우의 온도 차이는 확연할 수밖에 없다.

반응이 없는 강의는 2시간만 해도 지치고, 반응이 좋은 강의는 3시간을 해도 기운이 샘솟는 마법 같은 아이러니에 많은 강사들이 공감한다. 쉽게 이야기 하면, '혼자서 끌어가는 대화'와 '함께 주고받는 대화'의 차이다. 대화를 혼자서 주도해본 적이 있다면, 원만한 대화 분위기를 유지하기 위해 상당한 에너지가 소모된다는 것을 알 수 있었을 것이다.

늘 먹던 메뉴를 주문하고 기다리던 중, 식당 안의 풋풋한 모습에 눈길이 갔다. 대학교 새내기 커플처럼 보이는데 여자 친구가 속상한 일이 있는 듯했다.

"자기, 지금 내 얘기 듣고 있어?"

"어? 어, 듣고 있어."

"듣긴 뭘 들어. 휴대폰만 보면서."

"듣고 있었어. 대답도 했잖아."

"내가 방금 뭐라고 했는데?"

"현주랑 싸웠다며."

"하…… 너는 내가 얘기할 때 휴대폰 좀 그만 봐. 너한테 얘기하면 꼭 벽에다 얘기하는 것 같아."

"다 듣고 있었다니까."

아, 벽에다 이야기하는 기분이라니. 그 기분 알고 말고.

이야기를 듣고 있었냐는 여자친구의 말에 억울하다는 듯 듣고 있었다고 말하는 남자친구. 무슨 말을 했는지도 기억하고 있었으니 틀린 말은 아니지만, 그렇다고 억울해하며 큰소리를 낼 일인가. 대화할 때 휴대폰은 내려놓는 게 상대에 대한 예의라는 것쯤은 알 만한 나이인 듯한데 말이다.

오래전, 시청자들이 공감할 만한 소재로 꽁트를 만들어 방송했던 개그프로그램이 생각났다.

일을 마치고 귀가한 아버지가 거실에서 TV를 보다가 점점 눈꺼풀이 무거워지고 잠에 들 것 같은 그때, 아들이 슬금슬금 다가가 리모컨을 잡는다. 그런데 어떻게 알았는지 "보고 있다."라고 귀신같이 말하는 아버지의 모습에 사람들이 모두 크게 웃는다. 조금 시간이 흐른 후, 또 아버지가 잠든 것처럼 보이자, 다시 아들이 슬금슬금 다가가서 "아빠, 주무시죠. TV 끌게요." 하는데, "듣고 있다."라고 대답하는 아버지의 모습에 관객들은 깔깔 웃으며 배를 잡는다. 정확한 기억은 아니지만 대략 이러한 흐름이었는데, 우리 집뿐만 아니라 다른 집 아버지들도 저렇게 TV에 집착을 하는구나 싶어 크게 공감하며 웃던 기억이 난다.

'잠든 아버지는 정말 TV소리를 듣고 있었던 걸까?'

'비빔밥집의 남자친구는 정말 여자친구의 말을 듣고 있었던 걸까?'

'듣다'라는 단어는 한국어로는 표현이 한 가지이지만, 영어로는 두 가지가 있다.

hear와 listen. 두 단어 모두 '듣다'라는 뜻을 가지고 있지만, 엄밀하게 말하면 그 의미에는 차이가 있다.

'hear'는 나의 의지와 상관없이 노력하지 않아도 들리는 소리에 어울리는 표현이다. 산책을 할 때 지저귀는 새소리라던가 강물이 흐르는 소리처럼 두 귀로 자연스럽게 흘러들어오는 소리일 경우에 사용한다. 그래서 귀의 청력검사를 'hearing test'라고 부른다.

'listen'은 들으려는 의지를 가지고 집중할 때에 어울리는 표현이다. 학교 수업 시간에 선생님의 말씀을 들을 때라던가 누군가와 대화를 나누는 경우에 사용한다. 집중을 해서 들어야 하는 듣기 평가 시험을 'listening test'라고 부른다.

비빔밥집 남자친구가 억울한 건 그는 분명 hear, 귀로 들었기 때문이고, 여자친구가 화가 나는 건 그는 listen, 귀 기울여 듣지 않았기 때문에.

남자친구는 당당하게 hear를 운운하고 있지만, 여자 친구가 하고 싶었던 말은 hear me가 아니라 listen to me라는 것을 알아주었다면 싸우지 않았을 텐데……

문득 그동안 나의 소중한 사람들에게 나는 좋은 '리스너'였는지를 생각해본다.

'나는 상대방의 말을 잘 듣고 있는가?'

앞으로 대화를 하기 전에 꼭 한번 생각해봐야겠다. 내가 말을 할 때 상대방이 집중해주고, 호응해주면 그것만으로도 얼마나 만족스러웠는지를. 인간관계의 많은 문제들이 입장을 바꾸어보는 순간, 생각보다 쉽게 해결된다는 사실 또한 잊지 말아야겠다. 내 이야기를 잘 들어주는 사람이 좋다면, 내가 먼저 잘 들어주는 사람이 되어야 하지 않을까?

마지막으로 학창 시절, 영어 듣기 평가 시험에서 꼭 나왔던 한 문장을 소개한다.

"Listen carefully!"

listen은 carefully와 짝꿍이다. 말은 '주의 깊게' 들어야 한다. 소중한 사람의 말이라면 더욱이, 리슨 케어풀리.

마음에 없는 말은 마음을 외롭게 한다

강의를 하러 가는 날엔 가까운 거리지만 택시를 이용해야 할 때가 있다. 그럴 때면, 역 앞에서 대기 중인 택시를 타기가 죄송해 탑승하기 전에 가까운 거리인데 괜찮을지 묻곤 한다. 어느 날이었다.

"아가씨. 묻지 말고 당당하게 타세요. 고객이 가자고 하면 어디든 가야죠."

"아, 오래 기다리시다가 가까운 거리를 가는 거면 죄송해서요."

"죄송할 게 뭐 있어요. 나도 여기서 30분째 기다리고 있었지만, 그럴 때도 있고 저럴 때도 있는 거지요. 다음부턴 당당하게 '여기 가주세요!' 하고 말하세요!"

"네, 알겠습니다. 그렇게 말씀해주셔서 감사합니다."

대기 중인 택시를 타고 기본요금이 나오는 거리를 갈 때면 목적지에 도착한 후 늘 4,000원을 건네드린다. 이동한 거리만큼의 금액만 내도 되지만, 이른 아침 출근에, 기다리던 손님이 기본요금의 거리를 간다고 하면 허무하지 않을까 하는 마음, 하루의 첫 시작을 힘 빠지게 해드리고 싶지 않은 마음에서였다.

"기사님. 제가 너무 가까운 곳에 와서 4,000원 드릴게요. 잔돈은 안 주셔도 됩니다. 감사합니다."

감사하다는 분들도 있고, 괜찮다며 잔돈을 주시는 분들도 있었지만 늘 서로 기분 좋게 하루를 시작할 수 있었다.

어느 날이었다. 그날도 마찬가지로 같은 장소에서 택시에 탑승했는데,

"아이고. 참 멀리 가시네요."

혹시 행선지를 잘 못 들은 건가 싶어 다시 말씀드리니, 대답이 없었다. 반어법으로 비꼬아 말씀하신 거였다. 순간 기분이 확 상했다. 사람의 심보가 참 묘한 게, 가까운 거리를 가는 손님이라 죄송해서 마음이 불편했는데, 비꼬는 말투, 대답조차 없는 태도에 미안함이 싹 사라졌다. 불편한 마음도 싹 가셨다. 타인의 상황에 대한 공감의 불이 꺼져버린 것이다. 목적지에 도착해서는 내야 할 금액만 정확하게 드렸다. 아마 그날의 시작은 나도, 택시 기사도 상쾌하지 못했으리라.

인기리에 방영했던 시트콤 〈거침없이 하이킥〉의 교감선생님이 기억나는지. 지금까지 유튜브에서 회자가 될 만큼 교감선생님 특유의 반대로 말하는 화법이 시청자들에게 큰 웃음을 주었다.

교감선생은 이민용 선생에게 주말에 중요한 자리의 동행을 부탁

하지만, 이 선생은 특유의 잔꾀를 발휘해 위경련으로 응급실에 있다는 거짓말을 한다. 그런데 그날, 우연히 차를 타고 가다 친구와 노닥거리는 이 선생을 목격한 교감선생은 화가 나서 이 선생의 집으로 찾아간다. 그렇게 이 선생의 어머니와 아버지를 비롯한 가족들과 대화를 나누게 되는데……

"교감선생님. 우리 민용이가 잘 하고 있나 모르겠네요."

"그럼요 그럼요. 이민용 선생이 얼마나 성실하게 일을 잘 하는지! 별명이 성실한 이 선생입니다! 제가 성실상을 주려고 이사장님한테 건의하려고 하고 있습니다!"

"어머나 정말요? 아이고! 정말 감사합니다! 감사합니다!"

자신의 대답을 듣고 너무나 호들갑스럽게 기뻐하는 이 선생의 모친을 보며, 일부러 반대로 비꼬아 말한 그는 혀를 찬다.

"아이고, 민용이가 계속 전화를 안 받네요. 지루하시죠?"

"하, 지루하긴요. 남는 게 시간밖에 없는 제가 바쁜 이 선생 기다리는 게 당연하지요!"

"아이고, 정말 고맙습니다. 우리 민용이를 정말 많이 아껴주시나봐요!"

교감선생은 또 한 번 어이가 없다. 그때, 이 선생 아버지가 바둑을 가져와 함께하길 권한다. 바둑을 두던 중 이 선생의 아버지가 수를 고민하는 것을 보고 그는 이렇게 말한다.

"천천히 두세요! 저는 남는 게 시간 밖에 없는 사람인데요 뭐!"

"아 그러세요? 그러면……"

이 선생 아버지는 그 말을 듣고, 정말로 세월아 네월아 고민하기 시작한다. 그 모습을 보며 가관이라는 표정을 짓는 그는 화장실을 좀 다녀오겠다고 하고서는 화장실에서 투덜투덜 혼잣말을 한다.

"이 집 사람들은 사람 말귀를 못 알아 들어! 이민용 식구 아니랄 까봐 눈치가 빨라도 아주 빨라요!"

시트콤에서는 깔깔 웃어넘기는 일화에 불과하지만, 실제 상황이었다면 자신의 말을 이해하지 못하는 사람들 때문에 얼마나 화가 나고 열불이 날까. 활화산처럼 금방이라도 터져버렸을 것만 같다. 그는 화장실에서 답답함에 투덜거리면서도 자신의 말이 스스로를 힘들게 하고 있다는 건 전혀 깨닫지 못한다.

대화를 하는 목적은 타인과 연결되기 위해서다. 그런데 위의 두 사례는 대화를 하면서 오히려 소통에서 점점 멀어져갔다. 왜? 자신의 마음을 똑바로 이야기하지 않았기 때문이다. 자신이 원하는 바를 제대로 이야기 하지 않으면 외로운 대화에 익숙해질 수밖에 없다. 그럴 때마다 타인에게 공감을 받기가 어려워질 테니까.

위의 두 사람은 대화하는 방식은 같았지만, 상황은 정반대였다.

택시기사는 반어법으로 내게 말했다. 나는 그 말의 속뜻을 제대로 알아들었다. 그래서 불쾌했고, 두 사람 사이의 공감의 불은 꺼졌다.

교감선생도 반어법으로 가족들에게 말했다. 그러나 가족들은 그 말뜻을 제대로 알아듣지 못했다. 그래서 교감선생은 스스로가 불쾌해졌고, 이들 사이에서도 공감의 불은 켜지지 못했다.

이 이야기에서 알 수 있듯이, 반어법으로 대화하는 건 상대가 제대로 알아듣든 알아듣지 못하든 공감이 생겨날 수가 없는 방식이다. 공감이 없으면 교감이 없다. 교감이 없으면 아무리 많은 사람들을 만난다고 하더라도 늘 외로울 수밖에 없다.

일상생활 속에서 나는 어떠한가. 누군가 실수를 했을 때 "잘한다. 잘해."라고 비꼬아 말하지는 않는지. 누군가의 태도가 못마땅할 때 "잘났다 잘났어."라고 비꼬지는 않는지…… 내 마음을 꽈배기마냥 꼬아서 스스로 외로워지는 말을 하기보다는 조금만 용기를 내서 솔직 담백해져보는 건 어떨까? 상대방에게 마음을 솔직하게 이야기하는 만큼, 그와 연결될 수 있는 가능성도 늘어날 것이다.

당신의 말이 당신의 인생을 더 외롭게 만들지 않기를, 당신의 말이 당신의 인생을 더욱 정답게 만들어주기를 간절히 바란다.

마음과 마음을 연결하는 말

칭찬은 한 끗 차이, 정말? vs 참말!

1여 년 만에 첫 직장 동료들을 만났다. 함께한 기억이 따뜻하고 즐거웠기에 한 번쯤 만나고 싶었지만, 퇴사 후 안정적인 상황이 되면 연락하려는 마음으로 미루고 있었다. 그러다 가깝게 지냈던 선배와 동료가 곧 결혼한다는 소식을 듣고 축하하는 마음으로 회사에 놀러갈(?) 용기를 냈다.

사계절이 흘렀지만 사무실의 분위기는 마치 1년 전으로 돌아간 듯, 편안함이 감돌았다. 내 자리에 다른 사람이 앉아 있는 모습만 제외하면 모든 것이 그대로였다. 천사라고 부르던 동료, 상사이면서 언니 같았던 왕선배, 귀엽고 사랑스러운 후배. 오랜만에 모두 모여서 웃음꽃을 피우느라 시간 가는 줄 몰랐고, 다가오는 봄의 결혼식을 알리는 청첩장은 꽃향기를 머금은 듯 아름다웠다. 점심 식사를 하고 소소한 덕담을 주고받은 뒤에 다음 만남을 기약했다. 그녀들은 회사로 돌아갔고, 나는 카페에 앉아 커피 한 모금, 햇살 한 모금 하며 홀로 글을 쓰고 있다. 완벽한 금요일 오후다.

이렇게 얼굴을 보고 서로 사는 이야기를 나누면 그뿐인 것을. 내 보일 만한 경력을 쌓은 후에 보고 싶어 했던 어설픈 자존심이 부질없이 느껴졌다.

'이런들 저런들, 나는 변함없는 나인데……'

미소를 지으며 따뜻하고 반가웠던 만남을 되새기던 중, '디리링' 진동이 울리고 메시지가 왔다.

'오늘 보니까 옛날 생각이 나서 좋았어. 덕분에 감사하는 마음이 생겼어. 역시 감사 슬기.'

무슨 말이지. 내가 매일 감사 일기를 쓴다는 걸 알고 있는 그녀였지만, 오늘은 별다른 이야기를 하지 않았는데. 감사하는 마음이 생겼다고?

'응? 갑자기 감사? 오늘 특별히 한 얘기가 없는 것 같은데.'

'그냥 그런 거 있잖아. 상큼한 에너지. 칭찬 여신.'

아, 칭찬! 내가 오늘 무슨 칭찬을 했지? 곰곰이 생각해봤다.

"와~ 스타일이 바뀌었네. 더 여성스럽고 예쁘다, 내 스타일이야!"

"와~ 은영이 너무 사랑스럽고 귀여워. 어쩜, 걷는 것도 사랑스러워."

"와 강사님~ 결혼을 앞두서서 그런지, 새색시마냥 여전히 곱고, 머릿결도 좋네요."

'아, 칭찬, 했구나!'

어느 회사에서 근무할 때였다. 아침부터 밤까지 쉴 틈 없이 일을 했었는데, 옆자리와 뒷자리에 앉은 직원분들의 인상과 목소리가 참 좋아서 신입이었던 때, 이렇게 말한 적이 있다.

"결혼하셔서 아기까지 있는 줄 몰랐어요. 전화목소리도 늘 예쁘셔서 일하다 지칠 때 힐링이 되는 느낌이에요."

"인상도 참 좋으시고, 목소리도 멋진 저음이시고, 늘 사람들에게 친절하신 것 같아요."

또 어느 날 유난히 앞머리를 멋지게 하고 오시면

"오늘 앞머리 스타일 멋지게 하셨네요!"

인사말을 건네곤 했다. 여직원분들도 남직원분들도 볼이 발그스름해지며 기분 좋은 미소를 얼굴에 띠었다.

사람을 기분 좋게 하는 말이라면 단연 칭찬이 최고 아닐까. 아무렴 고래도 춤추게 하는 것이 칭찬이라는데.

그렇다면 칭찬만 잘한다면 사람들에게 호감을 얻을 수 있을까? 분명 칭찬이 사람을 기분 좋게 하는 말인 것은 틀림없지만, 과연 모든 칭찬이 효과가 있을지에 대해서는 의문을 품어보아야 한다.

일례로 쇼핑의 경우를 들어본다면, 대부분의 점원들은 약속이나 한 것처럼 고객을 향해 극찬의 세례를 퍼붓는다.

"너무 예뻐요. 이건 딱 고객님 거네요. 이렇게 잘 어울리는 분은 처음 봤어요!"

그 말이 '참말!'일 때는 고객도 덩달아 신이 날 테지만, 누가 봐도 어울리지 않는데 잘 어울린다는 칭찬을 늘어놓으면 '정말?' 하게 된다. 기분 좋은 인상을 주기는커녕 눈살만 찌푸리게 만드는 격이다. 하루는 백화점에 코트를 사러 갔는데, 옷을 채 다 걸치기도 전에

"와, 고객님! 진짜 너무 잘 어울리세요!"

라고 하는 기계적인 멘트에 조용히 옷을 두고 나왔던 기억이 난다. '참말!'이 아니라 '정말?'스러웠기 때문에.

기분을 좋게 하는 칭찬과 기분을 언짢게 만드는 칭찬은 그야말로 한 끗 차이다. 진심이냐, 가식이냐에 따라 칭찬이냐, 아부냐가 정해진다. 호감을 사려는 목적으로 진정성 없이 내뱉는 허울만 좋은 말은 아무리 듣기 좋은 말이라고 하더라도 분위기를 무색하게 만든다.

내가 누군가에게 칭찬을 할 때, 늘 사람들이 기뻐했던 이유는 그 말이 진심에서 우러나온 말이었기 때문이다. 예쁘지 않은데 예쁘다고 말하거나 좋지 않은데 좋다고 말할 수 있는 성격이 아니라는 것을 주위 사람들이 잘 안다.

상대방에 대한 나의 칭찬의 뿌리는 사람에 대한 따뜻한 시선이다. 모든 존재는 사랑이라는 믿음. 사랑은 그 자체로 고결한 것이기에 사람은 누구든 그만의 고유한 빛을 지니고 있다. 사람에 대한 긍정적인 인식 덕분인지 누군가를 만나면 그 사람이 가지고 있는 장점

마음과 마음을 연결하는 말

이 가장 빛나 보인다. 그러면 그 장점을 웃으며 자연스레 나의 말로 표현한다. 진심에서 우러난 칭찬을 듣고 쑥스러워하는 사람들은 있지만, 싫은 내색을 하는 사람은 단 한 명도 없었다.

나와 닮은 듯하고, 닮고 싶은 '사람에 대한 시선'을 가진 인물이 있다. 빨간머리 앤.
《그린 게이블즈 빨간머리 앤》이라는 책에서 앤이 하는 대사 중 가장 좋아하는 구절이 있다.

"난 결점이 있어서 더욱 좋아해요. 고장(고향)이든 사람이든 결점
이 없다면 좋아하지 않아요. 완전한 사람이란 참으로 재미없을 거
예요."

사람을 보는 시선이 이렇게 인간적이고 어여쁠 수 있다니! 세상에 완벽한 사람이 있을까? 나조차도 완벽한 사람이 아닌 것을……. 어디에도 결점이 없는 사람이 없는 것처럼, 장점이 없는 사람도 없지 않을까. 늘 곁에 있어서 특별할 게 없어 보이는 사람일지라도 조금만 관심을 가져본다면, 각자가 가지고 있는 특유의 장점이 보일 것이다. 누군가를 기분 좋게 하고 싶다면 그 사람을 향한 기분 좋은 생각과 느낌을 먼저 가져보기를. 상대방에 대한 진심어린 호감은 자연스럽게 그를 향한 긍정적인 말과 행동으로 나타날 것이다.
기분이 좋아지는 말은 사람을 향한 따뜻한 시선에서 시작된다.

가식으로 얼어버린 차가운 마음에서 나오는 말이 아니라, 진심이 살아 숨 쉬는 따뜻한 마음. 사람을 사랑하는 마음에서부터.

마음과 마음을 연결하는 말

말은 돌아오는 거야

"너는 주위에 좋은 사람들이 정말 많잖아."

친구가 말한다. 어쩜 그리 주변에 좋은 사람들뿐이냐고. 그럴 때면 나는 이렇게 대답한다.

"너한테도 내가 좋은 친구가 되어줄게. 네가 어떤 모습이든 사랑한다."

"정말? 나한테도 이렇게 좋은 사람이 있다는 건, 나도 좋은 사람이라는 거지?"

이렇게 정다운 말들을 나눌 때면, 마음이 따스하게 부풀어 오른다.

정말 맞는 말이다. 내 주위에는 천사 같은 사람들이 참 많다. 나를 이해해주고, 내게 베풀어주고, 그러면서도 나의 작은 배려에 크게 고마워하는 사람들. 이십대까지는 그저 인복이 많구나 싶었다. 늘 감사했다. 그러나 삼십대가 되어서는 인복이야말로 스스로가 만들어가는 복이구나 싶다. 향기가 나는 꽃에 꿀벌이 알아서 찾아오는 것처럼. 내가 좋은 사람이 되어야 내게 좋은 사람이 온다는 말을 실감한다.

　말도 그렇다.

"우리 집 남편은 사랑한다는 말을 한 번도 한 적이 없어요."

"내 남자친구는 늘 화난 투로 이야기해요."

"친구가 너무 직설적이고 못되게 말을 해요."

"내 아이가 자꾸 짜증을 내요."

　등등…… 타인과의 대화에 만족하지 못하는 사람들이 많다. 물론 말이라는 건 기본적으로 개인이 가지고 있는 성향, 지역, 자라온 환경, 세대 등 다양한 차이에 따라 다채로운 색을 띄는 것이기는 하다. 한 사람의 말의 모습은 그가 살아온 긴 인생의 여정을 모두 담고 있기 때문에 어느 날 갑자기 마법처럼 바뀌는 것도 아니긴 하다.

　그럼에도 불구하고 말이라는 건 절대적인 것이 아니다. 상대적이다. 누구와 대화하느냐에 따라서, 어디서 대화하느냐에 따라서, 어떤 분위기인가에 따라서. 같은 사람과 대화를 하더라도 시시각각 다른 모습으로 나오는 것이 말이라는 것이다. 그렇다면 평소에 나누는 대화가 만족스럽지 않다면, 가장 먼저 무엇을 돌아보는 게 현명할까. 위의 사례에 빗대어 본다면, '남편이, 남자친구가, 친구가, 아이가'라고 하며, 관계의 문제를 타인에게 두기 이전에, 그들이 보는 나는 어떠할지를 생각해봐야 할 필요가 있다. 나는 평소에 가족들에게 사랑한다는 말을 자연스레 해왔는지. 나는 애인에게 다정한 말투로 상냥하게 이야기하고 있는지. 나는 친구에게 고민이 있을 때, 섣부르게 지적하기보다 그저 공감하고 위로하는 말을 하는 데에 익숙한지. 나는 짜증이 날 때, 내 아이에게 서툰 감정을 표현하기보다, 아이를 자라게 하는 말을 하려고 하는지…….

산 정상에 올라 "야호" 외치면 그 소리가 다시 나에게 돌아오는 것처럼 말도 다시 돌아온다. 내가 보낸 말은 나에게 고스란히 돌아오게 된다. 그것이 예쁜 말이든 예쁘지 않은 말이든. 사람들이 내게 예쁘게 말해주기를 바란다면, 내가 먼저 예쁜 말 한마디를 건네보는 것이 가장 빠른 방법일 것이다.

"천사 이지연 사랑해!"

"햇살 슬기 나도 사랑해."

누구와 나눈 대화일까? 전 회사 동료다. 그녀는 정말 천사가 따로 없을 정도로 이해심이 많고, 배려심이 깊다. 보고 싶다, 좋아한다는 애교 섞인 감정 표현도 매우 잘하는 그녀. 입사 6개월 차 선배지만 친구처럼 지냈다. 입사 후 얼마 지나지 않아 밥을 먹으러 갈 때면, 옆으로 착 달라붙어 내게 팔짱을 끼곤 했는데.

"슬기야. 너한테 자석이 있니? 나 원래 팔짱 끼고, 손잡고 다니는 스타일 아닌데 너만 보면 찰싹 붙고 싶네. 남자친구한테도 팔짱 안 끼는데."

남자친구에게 살짝 미안하지만, 참 기분 좋은 말 아닌가. 그녀는 표현을 잘하는 성향이 아니라고 했지만, 지금까지도 내게 연락해오며 보고 싶다, 사랑한다고 이제는 남편이 된 그가 질투할 만큼 표현을 한다면 믿을 수 있을까?

처음 봤을 때 심장을 콩닥콩닥하게 만들었던 5년차 선배가 있었다. 직설적이고 솔직한 성향이라고 혹시나 본인의 말에 상처받지 않았으면 좋겠다는 당부까지 하던 선배였다. 업무적으로 매서운 성격이었지만, 초보강사인 내게 많은 걸 알려주고, 도와주는 든든한 선배였기에 틈날 때마다 사랑 표현을 했다. 일부러 잘 보이려고 하는 행동이 아니라 사랑스러운 마음이 우러날 때면 어김없이 그 감정을 표현하는 성격이라 그랬다.

"강사님, 오늘 강사님 강의 보고 참 많은 걸 배우고 느꼈어요. 감사합니다. 사랑합니다!"

"강사님, 후배 강사 양성해보니, 강사님이 그때 얼마나 많은 에너지를 쏟으셨는지 느꼈어요. 역시 겪어봐야 안다고. 다시 한 번 더 감사드려요. 사랑해요 선배님."

처음에 선배는 말했다.

"슬기 강사님. 저는 낯 뜨거운 표현 잘 못해요."

라며 주위에 나 같은(?) 사람이 없다고, 서로 성향의 차이를 맞추어 가자는 말에 감사한 마음을 담은 애정표현을 최소한으로 자제하던 기억이 난다. 시간이 흐른 후에는 어떻게 되었을까? 후배들에게 손으로 팔로 하트를 마구 그려주는 애교도 많고 사랑 표현을 잘하는 선배가 나타났다.

내게는 여전히 사랑한다는 말을 자연스럽게 하는 사람들이 참 많다. 아빠, 남동생, 친구들, 전 회사 동료들, 지인들까지. 그래서 말할 수 있다. 말은 거울과 같다고. 내가 하는 말은 내가 어떤 사람인지를 비추어 알려준다. 내가 뱉은 말이 결국 다시 나에게 돌아와 나의 행복을 결정짓는다.

하늘이 그림처럼 맑고 선명한 날이었다. 유럽의 하늘 부럽지 않을 만큼 파아란 빛을 머금은 순수한 하늘의 모습이 참 예뻐 사진을 찍었다. 그 순간의 맑은 기운을 담아 사진과 함께 메시지를 보냈다.

"오늘 하늘이 예술이에요. 벤치에 앉아 바람 쐬다가 날씨도 너무 좋고, 예쁜 하늘 보니 생각나서 연락했어요. 오늘 하늘처럼 기분 좋은 하루 보내요!"

예쁜 것을 보면 소중한 사람들과 나누고 싶어 종종 사진과 메시지를 보내곤 한다. 보답을 기대하는 마음은 없다. 그저 예쁜 것을 보고 누군가 나를 떠올려준다는 건 기분 좋은 일이니까, 소소한 기쁨이 되었으면 하는 마음일 뿐. 그러면 대개 "예쁘네.", "오늘 날씨 좋네.", "고마워" 하는 답장이 오곤 하는데, 그날 내가 내보낸 말은 두 배 세 배의 기쁨이 되어 돌아왔다.

"와우~ 멋지다. 그럼 나는 새소리 들려줄게."

초록빛의 커다란 나무와 그 아래 반짝이는 연못, 그리고 마치 노래하는 듯 지저귀는 새소리를 담은 동영상을 보내왔다.

"이건 햇살이", "이것도 햇살이", "이것도 다 우리 햇살이 슬기"

싱그러운 나뭇잎들 사이에서 밝게 빛나는 햇살을 찍은 사진을 여러 장 더 보내며 그 햇살이 나라고 말한다.

"너는 누군가 스스로의 존재를 확인케 해."

햇살에 비친 자신의 그림자 사진을 보내며 내 존재의 가치를 떠올릴 수 있는 말을 해준다.

"예쁜 하늘 사진 한 장 보냈을 뿐인데. 이렇게 더 예쁜 마음을 보내주다니 감동이에요."

"나도 예쁜 하늘 선물 처음 받아봐. 너무 좋아. 감사해."

고운 마음을 담아 보낸 말 한마디에 아름다운 세상을 선물 받은 것만 같다. 말 한마디에 이렇게 행복할 수 있다니. 아, 내 말 한마디에 나의 행복이 담겨져 있는 거구나.

chapter 4

나를 매력 있게 하는
내면의 힘

고운 빛깔의 말

"야옹~ 이리 온. 뭐하고 있었어? 야옹~"

3년 전 즈음 동네에 인기스타 길고양이가 있었다. 일명 '개냥이'라고 불리는, 사람에게 다가와 반기기까지 하는 고양이였다. 길고양이 같지 않은 뽀얀 우윳빛과 연한 커피빛깔이 섞인 털이 아주 일품인 녀석이었다. 공원을 산책할 때면 느릿한 폼으로 내 곁에 다가와 제 몸을 비비적거리곤 했다.

"이리 와."

하면 말을 알아들은 것처럼 한 걸음 두 걸음 따라오던 귀여운 모습에 정이 들었다. 언젠가부터 산책은 고양이를 보러 가는 일이 되었다.

그러던 어느 날이었다. 아직 독립을 하지 않은 나는 종종 아빠와 공원을 걷곤 하는데, 그날도 어김없이 고양이부터 찾았다. 그런데 무슨 일이 있었던 것인지 그 고양이 옆에 덩치가 작은 새끼 고양이

한 마리가 따라다니고 있었다.

"아빠~ 저 옆에 고양이 좀 봐. 새끼를 낳은 걸까?"

"그러게. 쟤가 암컷이었나?"

"지난번에 동네 아주머니가 보시더니 수컷이라고 했었는데
……"

영문은 알 수 없지만 계속 뒤를 좇는 새끼 고양이 한 마리. 한눈
에 보기에도 아직 덜 자란 몸집에 오동통한 모습이 참 귀여웠다. 엄
마인지, 아빠인지, 서로가 어떤 인연이지는 알 수 없으나 그 옆을 총
총 따라 걷는 모습이 앙증맞아 눈길을 뗄 수가 없었다. 매번 보던 고
양이를 쓰다듬고 있을 때도 한 발짝 옆에서 나를 가만히 지켜보고
있었다. 멀리 도망가지 않는 모습에 자연스레 손길이 향했다. 새끼
고양이의 머리를 쓰다듬으려는 그 순간!

"악!"

새끼 고양이가 작은 발로 허공에 발길질을 했고, 그 날카로운 발
톱이 내 손에 상처를 냈다.

"괜찮아?"

멀리서 지켜보던 아빠가 놀라 달려왔다. 다행히 피는 나지 않았
고 살짝 살갗만 벗겨진 정도라 주변 생수터에서 흐르는 물에 손을
씻어냈다. 놀란 가슴을 쓸어안았다. 고양이의 습성을 잊고, 방심했
던 것이다. 다시 벤치로 돌아가 보니 새끼 고양이는 어디론가 사라
졌고, 매번 만나던 친한 고양이가 나를 바라보고 있었다.

"새끼 고양이가 저 고양이한테 혼났어."

아빠가 말했다.

"응? 왜?"

"네가 손 씻으러 가자마자 으르렁거리면서 큰소리를 내는 게 꼭 새끼 고양이를 혼내는 것 같던데?"

"어머, 진짜? 나 할퀴었다고?"

"그런 것처럼 보였어."

나만 정든 게 아니라 우리 함께 정이 들었구나 싶어 다가가서 "나 괜찮아." 말해주려는데, 수풀 속에 새끼 고양이가 숨어 있었다. 둘 모두에게 번갈아가며 말했다. 나 괜찮다고. 내가 미안하다고. 유명한 애니멀 커뮤니케이터가 동물에게 눈을 깜박이며 마음을 전하면 알아듣는다던 말이 떠올라 연신 두 눈을 깜빡이다 집으로 돌아왔다.

"아이고. 그 새끼 고양이가 조그만 게 아주 못됐더라. 가만히 있다가 그렇게 앙칼지게 할퀴고."

"나도 너무 놀랐어. 피가 안 나서 정말 다행이야. 그런데 새끼 고양이한테 너무 미안하네."

"왜?"

"새끼 고양이가 나 때문에 자기가 좋아하는 고양이한테 혼났잖아. 사실 고양이 입장에서는 사람이 손 데려고 하면 방어하는 게 정상인 건데. 사람 손을 좋아하는 그 고양이가 특별한 건데. 자기 입장에서는 너무 당연한 행동을 했을 뿐인데, 나 때문에 혼나서 눈치 보고 있던 표정을 생각하니까 너무 미안하네."

"그건 그렇지. 저도 놀랐을 거야."

가끔, 아니 가끔보다는 조금 더, 이런 생각을 한다. 골목 어귀에서 사람의 눈치를 보며 숨어 다니는 길고양이들이 참 애처롭다는 생각. 사실 이곳은 우리가 '함께' 살아가는 공간인데…… 가끔은 슬금슬금 차 밑으로 기어들어가는 고양이들에게 시선을 맞추고 말하곤 한다.

"눈치 보지 말고 당당하게 다니렴."

그리고 돌아 설 때면, 바뀌어야 하는 건 너희가 아니라, 우리라는 생각에 미안해지던 어느 날의 저녁.

늘 생각한다. 우리는 서로가 모두 다르지만, 어쩌면 모두 같은 존재라고. '우리'라는 생각이 없으면 권위 있고 부유한 그 어느 누구라도 좁은 세상에서 살아가게 될 거라고. '우리'라는 생각이 서로를 연결시켜주는 따뜻한 뿌리가 될 거라고. 뿌리가 없는 나무는 아무리 많이 자라고 가지를 쳐도 결국엔 외롭게 쓰러지고 말 것이다. 세상의 사람들이, 세상에 존재하는 것들이, '우리'가 될 때 우리는 따뜻하게 연결된다.

우리를 연결시키는 수단 중 하나인 말은 사유에서 나온다. 생각의 깊이가 말을 만들어낸다. 보이는 것을 보이는 대로 보는 것이 아니라 보이지 않는 것까지 볼 수 있는 시선이 깊은 사유를 가능하게 한다. 서점에 가면 사유를 통한 통찰력을 키우는 책들이 많아졌다. 저평가되었던 인문학이 인기를 끄는 점이 반갑다. 삶의 진리를 깨닫기 위해서, 깊은 사유를 통한 통찰을 얻기 위해서, 우리는 책을 읽고 위대한 사상가들의 학문을 공부한다. 과거의 철학을 공부하고, 역사를 다시 읽고, 고전 문학을 읊으며 사고의 틀을 넓히기 위해 노력한다. 그렇다면…….

'그러한 노력으로 오늘의 나는 어제보다 더 깊은 시선을 가졌는가?'

스스로에게 물음을 던져 볼 필요가 있을 것 같다.

《파리에서 한 달을 살다》라는 책에서 저자 전혜인 작가는 한 달간 머물던 파리의 집 주방에서 생쥐를 발견하게 된다. 너무 놀란 그녀는 집 주인 할아버지에게 연락을 하고 그는 집으로 찾아온다. 그러나 쥐를 찾지는 못한다. 앞으로 관리를 더 철저히 할 테니 걱정하지 말라며 그는 재미있는 질문을 하나 건넨다. 그 쥐가 작았느냐고, 혹시 아기처럼 작았느냐고 묻는다. 그녀가 손가락으로 흉내를 내며 새끼 쥐일 것 같다고 말하니, 파리의 할아버지는 인자한 표정을 지으며 이렇게 말했단다.

"오, 가여운 새끼 쥐. 아직 배우질 못해서 그랬구나. 사람 집에 들어오면 안 된다는 걸 말이야. 어른 쥐들은 여간해선 집에 들어오질 않거든."

아기 생쥐에 대한 생각지 못한 고운 시선. 그 시선이 따뜻하고 고운 빛깔의 말을 탄생시킨 것이다. 이 한마디 말이 한 번도 만나보지 못한 먼 땅에 사는 할아버지인 그를 가늠하게 한다. 이것이 바로 보고 싶은 대로 보거나 보이는 대로 보는 것이 아닌, 보이지 않는 면까지 바라보는 깊은 시선이다. 이런 시선이야말로 통찰을 이끌어 내는 가장 중요한 근본이 아닐까.

생각하지 못한 부분까지 꿰뚫어보는 통찰력, 그 지혜의 샘은 저 옛날 먼 곳에서 구할 수 있는 것이 아니다. 일상에서 생기는 소소한 일들을 넓은 시선으로 바라보고 있는지⋯⋯ 고운 눈빛을 보내고 있는지⋯⋯ 지금 우리가 서 있는 이 곳, 우리가 숨 쉬는 이 순간에서 구해야 하는 것이다. 당신의 말이 고운 빛깔을 입고, 사람들에게 따뜻한 감동을 전해주는 말이 되기를 원한다면⋯⋯.

나를 매력 있게 하는 내면의 힘

예쁨 전염 주의

　일정을 끝내고 저녁 약속까지 시간이 남아 잠깐 카페에 들렀다. 꽁꽁 언 손도 녹이고 당 충전도 할 겸 핫초코를 주문하고 빈자리에 앉아 책을 펼쳤다. 다소 소란스러운 대학교 신입생 같은 남학생 두 명이 살짝 신경 쓰였지만 글자들에 시선을 고정하고 좌우로 읽어 내려갔다.

　오호, 캬아, 키득키득. 자꾸만 귀가 다른 쪽으로 열린다.

　'왜 저리 호들갑이지. 집중이 안 되네.' 하는 생각이 드는 순간, '아, 그럴 만하네.' 싶었다. 친구에게 소개팅을 주선해주는 모양이었다. 여자 친구의 친구라며. 야호를 외치던 반대편에 앉아있던 남학생이 대뜸 묻는다.

　"예뻐?"

　풋, 나도 모르게 웃음이 새어나왔다. 혹시 웃음소리가 들린 건 아닐까 조심스레 눈동자를 굴려보니 다행히 눈치 채진 못한 듯했다.

나이가 적든 많든 남자들의 첫 질문은 항상 '예뻐?'로 시작되나보다. 하긴, 여자든 남자든 예쁘고 잘생긴 사람에게 호감이 가는 건 사실이긴 하다.

문득 '예쁘다'라는 말에 궁금증이 생겼다. 예쁘냐는 질문의 요지는 물론 얼굴이 예쁘냐는 의미겠지만, '예쁘다'라는 서술어에 들어갈 수 있는 주어는 의외로 많다. 얼굴이 예쁘다, 몸매가 예쁘다, 마음이 예쁘다 등등. 옛말에 예쁜 여자를 만나면 3년이 행복하고, 착한 여자를 만나면 30년이 행복하고, 지혜로운 여자를 만나면 3대가 행복하다고 했는데, 궁금하지 않은가. 지혜로운 여자를 어떻게 알아볼 수 있는지.

언젠가 유명한 스타강사가 TV프로그램에서 "예쁘게 말하는 여자를 만나라."라고 한 말이 화제가 된 적이 있다. 그래서인지 포털 사이트에 '예쁘게 말하기', '예쁘게 말하는 법'을 검색하면 수많은 글들이 있고, 어떻게 하면 예쁘게 말을 할 수 있는지, 스피치 학원에 다녀야 하는지, 사투리를 고쳐야 하는지를 묻는 질문들이 많다. 좋은 말투를 가진 사람을 많이 만나라, 침착하게 생각하며 말하라, 표준 억양을 따라 하라 등 나름의 해답을 제시하는 댓글들도 보인다.

예쁘게 말하는 법? 지인들로부터 어떻게 하면 예쁘게 말할 수 있냐는 질문을 종종 받곤 했던 나로서 곰곰이 생각해봤다. 평소에 예쁘게 말하기 위해서 하는 노력들이 있었나? 말의 인상을 좌우하는 데는 목소리, 말투, 높낮이, 속도, 단어 선택 등 여러 가지 요소가 있지만, 그런 것들을 염두에 두고 말을 하는 경우는 없었던 것 같다. 무언가 다른 게 있을 텐데…… 생각하던 중 약속 시간이 다가와 자리를 나섰다.

몇 달 전, 서울로 출장을 갔다가 친구를 만나고 헤어지는데 그녀가 내게 말했다.

"오늘 정말 행복했어. 너랑 있으면 예쁨이 전염되는 것 같아."

나도 행복했다고 대답했다. 이토록 사랑스러운 마음을 나눌 수 있는 친구가 있다는 사실이 참 감사하다는 말도 덧붙였다. 돌아오는 기차 안에서 오늘 하루 있었던 일들과 다가올 날들에 대한 감사한 점을 기도했다. 눈을 감고 두 손을 모으던 중, 뒷좌석에 앉은 중년 여성분의 통화소리가 크게 들렸다. 내면에 귀 기울이려 했지만, 온 신경이 그 소리에 집중됐다.

"아들, 아직 젊으니까 우리 한번 열심히 버텨보자. 엄마랑 같이. 알겠지? 엄마는 괜찮으니까 엄마 걱정은 하지 마. 다 잘 될 거야. 힘내. 알겠지?"

자세한 사정은 알 수 없었지만, 무언가 큰 문제가 있는 듯했다. 어머니의 목소리는 생기가 없고 거칠었다. 통화를 마치고 훌쩍이는 소리가 들렸다.

'제 뒷좌석에 앉은 어머니의 문제가 해결되어, 아들과 기뻐하는 마음을 가질 수 있게 해주세요.'

돌아오는 내내 뒤편에 앉아 계신, 얼굴도 이름도 모르는 분의 안

오늘, 당신의 말은 다정한가요?

녕을 위해서 기도했다. 잠들기 전에 기차에서 만난 어머니의 행복한 모습을 다시 한 번 그려보며 잠을 청했다.

솔솔 잠이 몰려오던 그때 불현듯 좋아하는 작가, 이해인 수녀님 책 속의 한 장면이 떠올랐다. 기차를 타는 여정을 기차 여행이라고 표현하던 수녀님은 기차 여행에서 만나는 사람들을 위해 기도를 한다고 했다. 기차 위를 오르내리는 사람들을 보며 그들이 평안하기를 바라는 마음으로. 운전기사의 행복을 바라는 마음으로. 직접적인 이해관계가 없는 사람들이지만 그들이 행복하기를 바라며 기도라는 방법으로 내면에서 아름다운 대화를 하는 것이다. 나 또한 곧잘 하는 행동이었고 오늘도 그랬다. 맑은 수녀님의 마음을 존경하는 나로서 닮은 점이 있다며 반가워했던 기억이 나면서 '이건가.' 싶었다.

대부분 사람들은 말을 하는 것을 누군가에게 '언어'라는 수단을 통해 '입'으로 소리 내어 전하는 행동으로 생각한다. 예쁘게 말하는 법을 익히고 싶은 이유 또한 상대방과 좋은 대화를 하고 싶은 마음에서 나오는 바람일 것이다. 그런데 사람들이 잊고 있는 사실이 하나 있다. 조금만 깊이 생각해보면, 우리는 매 순간 대화를 나누고 있다. 명상을 시도해본 적이 있다면, 잠깐 동안만이라도 머릿속에 떠도는 생각들을 잠재우는 게 얼마나 어려운지를 알 수 있다. 이는 내면에서 내가 나 자신과 쉴 새 없이 대화를 나누고 있다는 것을 의미한다. 말하자면, 살아 있는 매 순간이 대화의 연속인 것이다.

비단 다른 사람과 함께 있을 때 뿐 아니라, 볕이 좋은날 집 앞 공원에서도 대화를 나눌 수 있다. 활짝 피어난 꽃들에게 기특한 마음을 담아 예쁘다고 말해주기도 하고, 팔랑거리며 날갯짓하는 귀여운 나비에게도 "안녕" 미소 띤 인사를 건네기도 한다. 스치는 싱그러운 바람에게도 고마운 마음을 전하고, 시원한 그늘을 만들며 늘 그 자리를 지켜주는 커다란 나무에게도 감사를 전한다. 실제로 소리 내어 말하는 것은 아니지만, 이 땅에 살아 숨 쉬는 사람을 포함한 모든 존재들과 나누는 내면의 대화. 그리고 나 자신과 나누는 대화. 우리는 그야말로 끊임없이 내면에서 대화를 나누고 있는 것이다. 그렇다면 누군가와 대화를 하기 전에 내면의 대화가 예뻐야 밖으로 표현되는 말이라는 것도 예뻐지는 게 아닐까?

흔히 눈을 마음의 창이라고들 한다. 눈이 맑은 사람이 마음도 맑다고 생각한다. 어느 정도 공감하는 말이긴 하다. 그러나 눈이 마음의 창이라면 말은 마음의 창을 열어젖히는 것과 같다. 눈이 맑으면 마음이 맑을 것이라고 예상하지만, 말이 맑으면 마음이 맑을 것이라고 확신하게 된다. 누군가의 앞에서 입술을 떼는 그 순간, 내면에 들어 있는 것이 날것 그대로 상대에게 드러나게 되는 것이다.

나는 이를 '내면의 외면화'라고 부른다. 예쁘게 말하는 법을 말투나, 목소리나, 억양으로 흉내 낸다고 해서 각자에게 내재한 고유의 정체성이 아름다워지는 것은 아니다. 내면에 있는 생각들, 평소에 나누는 내면의 대화가 어떠한지를 먼저 점검해야 한다. 나의 내면이 충분히 따뜻한지, 충분히 아름다운지를 먼저 살펴보는 게 예쁘게 말하는 방법의 가장 중요한 근본이다.

기분이 좋을 때 나오는 말과 기분이 언짢을 때 나오는 말이 얼마나 다른지를 생각해본다면 쉽게 공감할 수 있을 것이다. 예쁘게 말하기 위해서는 먼저 마음을 예쁘게 정돈해야만 한다. 마음이 예뻐지기 위해서는 세상을 바라보는 시선과 나를 향하는 시선, 이 두 가지 내면의 시선을 아름답게 가꾸어야 한다.

마음 밭에 어떤 씨앗을 뿌리느냐에 따라 말이라는 열매의 빛깔과 모양이 달라진다. 고운 빛깔을 가진 예쁜 열매를 맺고 싶다면 아름답고 건강한 씨앗을 뿌려야 할 것이다.

용기를 가지고 친절하라, 바로 지금!

"Have courage and Be kind(용기를 가지고 친절하라)."

〈신데렐라〉 영화에서 주인공 엘라에게 엄마가 남긴 유언이다. 사랑하는 딸을 세상에 남겨둔 채 눈을 감는 엄마가 딸에게 인생의 시련을 이겨낼 비밀을 하나 알려주었다. 바로 어떠한 순간에도 마음속에 용기와 따뜻함을 간직하며 살아가라는 것.

어릴 적 책 귀퉁이가 닳도록 읽었던 가장 좋아했던 동화책이 《신데렐라》였다. 과장을 보태지 않고 너덜너덜해진 책이 완전히 찢어질까 봐 조심스럽게 책장을 넘기던 장면이 아직도 생생하다. 그토록 좋아했던 이유를 묻는다면, 잘 모르겠다. 갑자기 뿅 하고 나타난 요술할머니, 누더기 같았던 옷이 화려한 드레스로 바뀌고, 작고 누런 호박이 커다란 황금마차로 변하고, 생쥐들이 멋진 마부로 변하는 장면들. 무도회장에서 멋진 왕자와 춤을 추며 많은 이들의 시선을 사로잡는 주인공이 되지만, 그 왕자를 뒤로하고 유리 구두마저 잃어버린 가여운 아가씨. 하지만 결국엔 그녀를 찾아온 멋진 왕자님과 행복한 결혼식을 올리는 어여쁜 공주님의 마법 같은 이야기가 흥미로웠던 게 아닐까 짐작해본다.

어른이 되어서 신데렐라 영화를 다시 보았다. 감흥이 있을까 싶었는데, 신기하게도 인생영화라고 할 만큼 내가 믿는 삶에 대한 가치가 그대로 담겨져 있어 놀라웠다. 어린 꼬맹이였을 때 직감적으로 느꼈던 걸까.

신데렐라는 부러워할 만한 강인한 정신력을 가진 진취적인 여성이었다. 언제부턴가 신데렐라를 결혼으로 인생 역전을 꾀하는 여성들의 대명사쯤으로 쓰이는 것 같은데 조금 서운하다. 나에게 신데렐라는 정말로 그 누구보다도 용감하고 사랑스러운 사람이다. 아주 초라하고 비참한 절망의 끝에서도 엄마의 유언을 결코 잊지 않고, 따뜻한 마음으로 삶을 대하는 모습. 더럽고 추운 다락방에서 생쥐들과 살아가면서도 늘 미소 띤 얼굴로 이기적인 계모와 언니들에게도 친절하고 따뜻하게 대하는 모습. 그저 왕자를 만나게 되는 감동을 극대화하기 위한 장치로만 보여지지는 않는다. 힘든 상황 속에서 현실을 직시하면서도 주어진 것들에 감사하며 긍정적으로 살아갈 수 있는 사람이 과연 얼마나 될까.

마음과 상황이 여유로울 때 감사하고 긍정적인 태도를 가지는 것은 그리 어렵지 않다. 하지만 반대의 상황에 있을 때조차, 흔들리지 않고 친절한 마음을 낸다는 건 상당히 어려운 일이다. 외부의 상황에 구애 받지 않고, 굳건하게 주어진 것들에서 감사함을 찾아내는 사람. 긍정적인 마음을 잃지 않고 스스로를 사랑하며 살아가는 사람에게서는 진정으로 반짝이는, 마치 진주알 같은 은은하고 깊은 빛이 보인다.

신데렐라는 자신의 상황을 그대로 '인정'하는 용기, 그 상황 속에서 기쁨을 찾고 행복을 선택하는 용기를 낼 줄 알았다. 누더기에, 다락방에, 멸시하는 새 가족들 사이에서도 행복한 생각을 품고 가슴 깊은 곳에 간직한 사랑의 힘으로 그녀의 삶을 따뜻하게 채울 수 있는 용기를 냈다.

용기…… 나는 얼마만큼의 용기를 내며 살아왔을까.

지금, 늘 지금의 연속인 인생에서, 어제도 내일도 아닌 오늘. 바로 오늘의 내 모습을 있는 그대로 인정하고 사랑해주는 일에 내가 얼마만큼의 용기를 냈을까. 누군가를 사랑할 때에만 용기를 낼 것이 아니라, 나를 진정으로 사랑하기 위한 용기가 먼저 필요했을 텐데…….

미안했다. 나에게. 지난 1년간 늘 스스로 부족하다고 생각했다. 더 많은 것을 이루고 싶었고, 가지지 못한 것에 아쉬워했다. 과거를 후회했고, 미래를 불안해했다. 그리고 지금의 내 모습을 부단히 외면했다.

사내강사로 강의를 하면서도 언젠가는 되고 싶은 강사의 모습이 있었다. 우리가 함께 살아가는 사람들과 따뜻한 소통을 주제로 이야기를 나누는 강사. 한 회사에 머물러 있으면 이룰 수 없는 꿈이라 생각해 퇴사를 하고 이직을 준비했다. 그 과정이 만만치는 않았다. 아니, 지금도 만만치가 않다. 가진 것에 비해 너무 큰 꿈을 가졌던 걸까, 욕심이었던 걸까. 하루에도 몇 번을, 스스로를 다그치곤 했다.

석 달 전, 큰 기업에 면접을 보러 갔다. 번화가에 위치한 곳에서 가장 높은 건물을 자랑하는 그 기업의 면접을 본 후 저녁에 친구를 만나 이야기를 나눴다. 회사 건물이 얼마나 높은지, 임원분들이 얼마나 멋있어 보였는지를 이야기하며,

"그 큰 회사에 사원증을 걸고 출근하면 멋있겠지?"
라는 혼잣말에 친구는 대답했다.

"그 회사 안 다녀도 지금도 멋있어."

5개월 이상 이직 준비를 하며 지친 나에게 건넨 친구의 한마디. 지금도 충분히 멋있다는 말. 아무것도 없어 보이는 현재 나의 모습을 인정해주는 한마디. 그 말에 신기하게도 용기가 났다. 설령 떨어지더라도 오늘 최선을 다했고, 만족스러운 면접이었으니 불안해할 이유가 없다는 생각이 들었다. 아쉬울 것도 없었다. 오늘의 나는 참 멋지다는 생각을 할 수 있게끔, 지금의 나를 있는 그대로 인정해주는 말이었다. 스스로의 가치를 긍정적으로 인식할 수 있도록 용기를 준 그 말이 참 고마웠다.

목표를 향해 가는 과정에서 지칠 때에, 누군가가 "잘 될거야." "힘내!"라는 말들을 해주면 참 고맙다. 하지만 한편으로는 나의 상황을 잘 몰라서 하는 말 같기도 하고, 내가 얼마만큼 더 힘을 내야 하나 싶기도 하고, 잘 안 되면 어떡하나 불안한 마음이 들기도 한다. 잘될 거라 말하는 사람도 결과에 대해 확신을 할 수는 없는 거니까.

그러면 이런 건 어떨까? 꿈을 이루어야만 느낄 수 있는 기쁨보다, 꿈을 향해 가는 과정에서 찾을 수 있는 긍정적인 의미에 대해 나누어보는 것. 불안한 상황이지만 부단히 앞으로 나아가고 있는 노력에 대해 박수와 찬사를 아끼지 않고, 결과가 아닌 과정에 무게를 두는 것. 앞으로 내딛는 한 걸음 한 걸음에 무게를 둔다면 결과를 향해 가는 과정에서도 단단한 자존감을 가질 수 있게 되지 않을까. 과정의 끝에 다다랐을 때, 설령 원하던 결과가 아니더라도 자존감이 무너지는 것이 아니라, 여기까지 오느라 수고한 자신을 다독여주고 조금 더 빨리 털고 일어설 수 있는 용기가 생기게 되지는 않을까.

이즈라 가즈키모는 〈종이학〉이라는 시에서 이렇게 말한다. 세끼를 먹고, 밤이 되어 편하게 잠들 수 있고, 아침이 오면 바람을 실컷 들이마실 수 있는 것. 웃고, 울고, 고함치고, 뛰어다니는 이 모든 당연한 것들이 얼마나 멋진 것인지 아무도 기뻐할 줄 모른다고. 이 모든 것들을 잃어본 사람만이 기뻐할 줄 안다고.

지금 내 곁에 무엇이 있는지, 무엇이 나를 존재하게 하는지 살펴볼 용기를 내야만 한다.

오늘, 당신의 말은 다정한가요?

여전히 꿈을 향해 가는 과정에 있고, 놀랄 만큼 변한 것은 없더라도 '존재의 기쁨'에 감사하는 태도를 가지려 노력해야 한다.

'나에게 존재하는 것들이 얼마나 소중한 축복인지를 알아차리는 마음이 부족했구나.'

사람들은 세상을 저마다의 방법으로 살아간다. 큰 목표가 있든, 작은 목표가 있든 혹은 목표가 있든 없든. 누구나 어제보다 오늘, 더 성장하고 싶은 마음으로 하루를 살아냈을 거다. 그런 내 모습을 발견하고 칭찬해줄 수 있는 마음의 여유. 더 나아가서 과거의 모습도 아니고, 미래의 모습도 아닌 지금 이 순간, 자신의 모습을 사랑할 수 있는 용기를 가지는 것이 내일의 행복보다 우선이다. 무조건.

우리가 동화 속 신데렐라는 아니기에 이 삶의 과정을 홀로 견뎌내는 건 너무나 외로운 여정이 될 거다. 그러니 곁에 있는 사람에게 용기가 필요할 때, 나는 사랑을 담은 인정의 말을 건네야겠다. 다시금 자신감을 가지고 용기를 낼 수 있도록 따뜻한 말을 건네는 사람이 되어야겠다. 오늘도 다짐한다.

나를 매력 있게 하는 내면의 힘

작은 틈이 인연을 초대한다

봄은 결혼의 계절이라는 말처럼 지인들의 결혼 소식이 많이 들린다. 지난주에는 선배의 결혼식에 다녀왔고, 이번 주는 동기의 결혼식이 있다. 그리고 얼마 전, 결혼에는 관심이 없어보였던 친한 언니가 애인과 결혼 준비를 하고 있다는 소식을 들려주었다. 누구보다 놀랍고 반가운 소식이었다.

"와~ 언니 정말 축하해. 우리 언니랑 결혼하는 남자는 어떤 사람일까!"

언니는 일이 너무 좋아서 결혼 생각이 없나 보다 했다고, 기쁜 소식 알려주어 고맙다고 했더니, 망설임 없이 이렇게 대답을 한다.

"이 사람은 평생 함께하고 싶을 만큼 편안하고 좋아."

평생 함께 하고 싶을 만큼 편안하고 좋은 사람…… 편안하고 좋은 사람?

몇 달 전 친구네 집에서 밤새 이야길 나누었던 기억이 난다. 그녀도 그렇게 말했다. 이효리와 이상순 부부 같은 결혼 생활을 하고 싶다고. 꾸밈없이 모든 걸 드러낼 수 있는 편안한 관계였으면 좋겠다고. 가족이나 친구보다 더 가깝고 소탈하게 지내는 부부의 모습을 꿈꾸는 듯했다. 결혼 적령기의 남녀 연예인들이 이상형을 묻는 질문에 편안한 사람을 꼽는 것도 이미지 관리 차원만은 아닐 것 같다고 서로 맞장구치면서.

'편안함이 느껴지는 관계가 되려면 내가 먼저 상대에게 편안함을 줄 수 있어야겠지.'

편안함이라는 건 사실, 모든 인간관계의 핵심이다. 사람은 편안함에서 좋은 감정을 느끼고, 편안함에서 행복감을 느낀다. 그렇다면 편안함의 반대말은?

불편함. 관계에서 불편한 감정을 느꼈던 순간을 생각해보면, 그때의 마음속에는 긴장, 불안, 의심, 어색함 등이 혼재했을 거다. 그럴 때 마주하는 사람들과 진실하게 소통할 수 있었을까? 소통의 부재는 불편한 마음에서 시작된다.

직장인이었을 때, 같은 부서에 나이 어린 입사 선배이자 동료가 있었다. 나이는 어리지만 일에 대한 애정이 큰 성실한 직원이었다. 하루는 회의를 하던 중 그녀가 상사에게 큰 질책을 받았다. 나의 귀에는 그 질책이 업무에 대한 구체적인 지적이 아닌 사람에 대한 비난으로 들렸다. 심지어 책임자로서 최종 점검을 할 의무가 있었음에도 후배에게 책임을 전가하는 태도를 보였다. 그녀는 죄송하다 말하며 아래로 눈빛을 떨구었고 숨 막혔던 회의는 그렇게 마무리가 되었다. 퇴근하고 집으로 돌아왔지만 내내 그 상황이 떠올라 마음이 쓰였다. 업무가 달라 친하지는 않았지만, 가끔 연락을 하는 사이였기에 기운 내라는 위로의 말을 전하고 싶었다. 그러나 한편으론 마음을 터놓은 사이도 아니었고, 아직 회사 사정을 잘 모르는데 괜히 나서는 건 아닌가 하는 생각도 들었다. 나의 시선으로는 부당해보이지만, 오랜 기간 몸담아 온 그들의 세계에서는 어쩌면 자연스러운 것일 수도 있으니. 행동을 조심해야 할 때인데, 괜한 말을 해서 오해를 사지는 않을까 고민했다. 그러나 평소 일에 대한 열정이 가득하지만 스스로의 능력에 대해 자신 없어 하던 그녀의 모습이 자꾸만 떠올랐다. 짧은 시간이지만, 내가 보아온 바 일을 사랑하는 마음과 충분한 능력을 갖춘 사람이었기에 따뜻한 말을 전하고 싶었다. 진심을 전한 후에 불편해한다면 다음부터 하지 않으면 되는 것 아닐까.

"수지 씨. 오늘 혹시나 부장님 피드백에 상처받았을까 싶어서 연락해요. 제가 보기엔 수지 씨 너무 잘하고 있고 정말 멋져요. 혹시나 풀 죽지 말라고.(안 그러겠지만)ㅋㅋ"

문자를 보낸 후, 고민한 시간이 무색할 만큼 빠르게 예상치 못한 답장이 왔다. 이 회사에서 그런 걸 물어봐주는 사람이 처음이라고, 고맙다고. 처음이라는 말이 놀라웠다. 그 오랜 기간 동안 감정을 알아봐주는 사람이 단 한 명도 없었다니…… 나의 말이 잘 받아들여졌다는 것을 확인한 후 마음속의 불안신호가 꺼지고 안전신호에 불이 켜졌다. 그때부터 편하게 이야기 했다.

"수지 씨랑 지난번에 일에 대해 이야기했던 게 기억나서요. 전 정말 솔직하게 느끼는 것만 말하는 스타일인데요. 수지 씨 정말로 너무 잘하고 있고, 멋지다는 말을 꼭 해주고 싶었어요."

그 말 한마디에 그녀는 그간의 서러움을 토로했다. 이제는 회사 사람들의 무정한 태도에 익숙해져서 무뎌지는 것 같다고도 했다. 아, 얼마나 외로웠을까.

"정말 고마워요. 이런 질문 받은 게 처음이라 당황했지만, 기분 좋은 당황이었어요. 고마워요 정말."

"그랬구나. 이야기해도 될까 고민했는데 잘했다는 생각이 들어요. 나도 고마워요."

그녀는 내게 다음에 꼭 함께 차를 마시며 데이트를 하자고 했다. 진심이 전해졌다는 생각에 마음이 따뜻해졌다. 그 후로 우리 둘 사이엔 보이지는 않지만 서로를 이어주는 *끈끈한 끈*이 생겼다. 지칠 때 마음을 이야기할 수 있는 사이가 되었고, 말하지 않아도 그 마음을 먼저 알아봐주는 사이가 되었다.

그날 그 문자 몇 통으로.

인생이라는 긴 여행길에서 수많은 사람들을 만난다. 그 모든 사람들과 인연으로 이어지지는 않는다. 그중 마음을 나눈 이들과 친구 혹은 연인이 되어 삶이라는 멋진 작품을 만들어나간다. 누군가와 진실된 친구가 되고 싶다면…… 누군가와 사랑스러운 연인이 되고 싶다면…… 우리는 마음을 열 수 있어야 한다.

상대방을 향해 열려있는 마음.

사람이라면 누구나 가슴속 깊은 곳에 선한 마음이 있겠지만, 그 선한 마음은 여리기도 해서 스스로를 지켜내기 위한 마음의 울타리를 쳐놓는다. 나의 관심이 오지랖이 아닐까 하는 걱정, 내가 다가서면 부담스럽지 않을까 하는 두려움, 저 사람은 나를 어떻게 생각할까 하는 의심, 내가 이렇게 하면 이 정도는 해줘야지 하는 기대. 이모든 것들이 타인과의 소통을 어렵게 만드는 보이지 않는 마음 속울타리인 것이다.

누군가와 서로 진심을 전하는 사이가 되고 싶다면, 마음의 울타리를 살짝, 먼저 열어보는 건 어떨까. 용기 내어 만들어준 작지만 아늑한 틈으로 당신이 원하는 그 또는 그녀가 편안하게 들어올 수 있도록.

말이 곧 품격이다

책을 읽을 때면 순간마다 마음을 일렁이는 글들이 참 많다. 보석 같은 삶의 지혜들을 기억하고 싶어 줄을 긋고 메모를 하지만 책장을 덮고 며칠이 지나면 잊어버린다. 오랫동안 기억하고 마음에 새기고 픈 글들은 침대 맡에 두고 잠들기 전에 꺼내어보곤 한다. 그런데 수 많은 책들 중 딱 한 번 읽고서도 계속 기억나는 장면이 있다.

《우아함의 기술》이라는 책에 나오는 '핑거볼'을 마신 소녀의 이 야기.

미국의 천재 시인으로 유명한 실비아 플라스가 어렸을 적, 자신 에게 장학금을 준 여인인 기니 부인과 오찬을 즐기게 된다. 격식을 갖춘 식사에서 테이블 위에 꽃잎을 띄운 핑거볼을 준비해주는데, 그 사실을 알 리 없는 어린 소녀는 식후에 그 물을 다 마셔버린다. 그런 모습을 보고도 기니 부인은 "애야, 손을 씻는 물이란다."라고 하지 않는다. 시간이 지난 후 그 사실을 안 실비아 플라스는 아마도 자신의 실수를 지적하지 않고 너그럽게 받아준 기니 부인의 귀품에 감동했을 것이다.

미국시민들의 존경의 대상이자 품격 있는 여성의 대명사로 불리는 '엘리너 루스벨트'도 그녀의 다과회에서 핑거볼을 들고 마시는 손님을 만나게 된다. 그녀 또한 손님의 마음을 상하게 할 새라 핑거볼을 들고 따라 마셨고, 그곳에 있던 다른 참석자들도 모두 핑거볼을 들고 마셨다고. 아, 이 얼마나 아름답고 우아한 이야기인지!

내가 기니 부인이었다면, 내가 엘리너 루스벨트였다면 어떠했을까. 소중한 손님에게 교양을 알려주어야겠다는 책임감으로

"이건 손을 씻는 핑거볼이에요."

라고 말하며 스스로 나는 엘리트 교양인이라는 자부심을 느끼진 않았을까. 혹은 눈을 감아주긴 하지만 내심 '어머나!' 하는 당혹감을 내비치진 않았을까. 내가 제2의 핑거볼 소녀를 만나기 전에 우아한 삶의 본보기를 보여준 인생의 선배들이 있어 참 다행이다.

품격을 만드는 것에는 어떤 것들이 있을까?

사회적 지위, 명예, 지식, 재산…… 하지만 이 모든 것들을 다 갖추었다고 해도 인품이 없는 사람의 삶에서 품격을 논할 수 있을까. 품격에서 빼놓을 수 없는 것, 가장 중요한 한 가지는 사람의 됨됨이, 다시 말해 인품이다.

유명한 기업의 임원면접을 본 적이 있다. 일반적으로 임원면접에

는 여성보다 남성이 많지만 그곳엔 여성임원이 과반수를 차지했다. 큰 회사에서 높은 직책을 맡고 있는 여성들의 모습이 고상하고 품위 있어보였다. '나도 저런 모습이면 참 좋겠다.'는 생각이 들 만큼 멋져보였다.

최종합격 후, 출근한 첫 주의 점심시간이었다. 팀장과 선배 사이에 앉아 밥을 먹게 되었는데, 먼저 자리에서 일어나고 싶다는 생각을 몇 번이나 했는지 모르겠다. 마치 한 시간처럼 길었던 20분을 묵묵히 버텨낸 내가 눈물겹기까지 했다.

두 사람은 내가 투명인간인 것처럼 내게 시선을 주지 않았고, 서로만을 바라보며 대화를 나눴다. 처음부터 끝까지 모르는 말만 했다. 함께 재미있게 보던 드라마, 타부서 직원 이야기 같은 것들. 업무 외의 이야기였지만 경청하면서 왼쪽에 앉아 있던 팀장이 말할 때는 팀장을 바라보았고, 오른쪽에 앉아 있던 선배가 말할 때는 선배를 바라보았지만. 정말 내 몸이 투명해진 건 아닐까 의심이 들 정도로 그녀들은 내게 단 한 번의 시선도, 말도 건네지 않았다.

식사를 마치고 사무실에 도착한 후, 남은 시간 동안 숨을 좀 돌리려는데 "여기 앉아서 과자 좀 먹어요."라는 말에 팀원들이 모두 중앙에 있는 테이블로 모였다.

그때, 여태껏 아무 말도 건네지 않았던 팀장이 내게 말을 걸었다.

"어떤 남자 좋아해요?"

"네?"

"혹시 나이 많은 남자도 괜찮아요?"

"……."

"몇 살 위까지 괜찮아요?"

예상하지 못했던 당황스러운 질문이었지만 딱히 생각해본 적이 없어 잘 모르겠다고 대답했다. 그랬더니 옆에 있던 선배가 "그럼 일단 만나보고 마음에 들면 괜찮다는 거냐?"며 거들었다. 팀장은 옆에 있는 남자 직원에게 눈치를 주며

"누가 물어봐달라고 했잖아. 빨리 물어봐."

라며 채근을 했다. 남자 직원이 아무 말도 하지 않자,

"나이는 많은데 어려 보여. 동안이야."

하더니, 자초지종을 설명하지는 않고 본인들끼리 속닥거리고 웃어댔다.

대체 하고 싶은 말이 무엇인지, 대체 누가 어려 보인다는 건지, 누가 동안이라는 건지 그녀의 말에는 주어도 없었고, 맥락도 없었다. 무엇보다 새로운 팀원에 대한 '이해'와 '배려'가 전혀 없었다.

"그럼 어떤 남자 좋아해요?"

"묵묵하고 듬직한 사람이 좋아요. 자기 일을 사랑하고, 자기계발을 꾸준히 하는 긍정적인 사람이요."

"아, 능력 본다는 말이네! 자기 일 열심히 하고, 자기 계발 꾸준히 하면 연봉도 높을 거고."

"……."

"여기 층에 누가 여자 친구가 없지?"

'아, 내가 왜 이런 말을 듣고 있어야 하지…… 이건 정말 아닌 것

같아.'

불편했다. 무례하다는 생각을 지울 수가 없었다. 누가 이 대화를 입사한 지 고작 며칠된 직원과 상사의 대화라고 상상할 수나 있을까?

그간 다녔던 회사에서는 새로운 직원이 입사해 함께 식사를 할 때면 그가 어떤 음식을 좋아하는지, 관심사는 무엇인지, 회사에 적응은 잘 되는지를 물어봐주며 어색함을 풀어주려 노력했다. 사무실에서는 업무에 도움이 되는 이야기들로 조언과 격려를 아끼지 않았다. 적응하는 기간 동안 어색하고 불편해할 새로운 팀원의 마음을 이해해주고, 조금이나마 편안한 마음을 가질 수 있도록 배려해주는 태도는 지극히 자연스러운 일이었다.

'상대방을 이해하고 배려하는 사람들과 그렇지 않은 사람들의 차이는 뭘까?'

전자는 마음에 여유가 있고, 후자는 마음에 여유가 없었다.

마음에 여유가 없는 사람은 타인을 받아들일 마음의 공간이 없다. 그들은 경쟁하고 시기하고 배척하기에 바쁘다. 그것이 자신을 지키며 세상에서 살아가는 유일한 방법이라고 생각한다.

하지만 마음에 여유가 있는 사람에게는 타인을 받아들일 마음의 공간이 있다. 그들은 협력하고 인정하고 수용할 수 있다. 그렇게 해도 세상에서 조화롭게 살아갈 수 있다는 것을 안다.

두 가지의 삶 중에서 선택할 수 있다면…… 어떤 삶을 선택하고 싫을까? 누구나, 지금 이 순간, 원하는 삶을 선택할 수 있다.

사람의 마음은 양면적인 것들로 가득하다. 사랑이 있으면 미움이 있고, 기쁨이 있으면 슬픔이 있다. 그런 양가적인 감정이 가득한 마음에서 시야를 좁히는 것들을 조금씩 비워내겠다는 결심만 하면 된다. 욕심, 의심, 질투, 집착과 같은 것들. 이런 것들은 캄캄한 길 위에서 딱 한 발자국 앞만 볼 수 있게 만드는 가림막들이다. 길고 긴 인생에서 내가 서 있는 곳 바로 앞, 딱 한치 앞만 볼 수 있으니 삶이 늘 불안하고, 두려울 수밖에 없다.

하지만 그 가림막들을 치워내기 위해 노력하는 순간, 나의 앞에, 옆에, 뒤에 늘 함께 하고 있었던 사람들이 보이기 시작한다. 마음에 작은 공간이 생겨난다. 그 자리에 여유라는 선물이 찾아온다. 마음에 여유가 생기면 타인을 평온한 시선으로 바라볼 수 있게 된다. 그러면 자연스레 상대방을 이해하고, 배려할 수 있게 되고, 곁에 있는 사람들은 편안함을 느낀다. 이 모든 과정이 결국엔 나의 세상을 평화롭게 만들고 내 삶의 품격을 높이는 근본이 된다.

삶의 품격을 높이고 싶다면, 먼저 '마음의 품'을 넓혀 '마음의 여유'를 가져야 한다.

품격 있는 사람이 되고 싶다면 내면을 우아하게! 그러면 말은 절로 우아해질 테니까.

chapter 5

나를 매력 있게 하는
외면의 힘

늙지 않는 말

이십 대 때는 서른 살이 오지 않을 것 같았지만 어느덧 삼십대가
된 지도 어언 3년째다. 서른두 살이라니! 여자는 서른부터 시작이라
고 했던가. 그 말이 참말인가 보다. 나만 그런 게 아니라 함께 삼십
대가 된 친구들이 모두 입을 모아 말한다. 우리의 삼십대가 생각보
다 참 괜찮지 않냐고. 이십대 때보다 이해의 폭이 넓어졌고, 시시비
비를 가리지 않게 되었고, 비교하기보다는 나를 보게 되고. 내가 어
떤 사람인지를 알아가고 나에게 집중하게 되는 나이. 진짜 나를 만
나고, 진정으로 나를 사랑하게 되는 때가 삼십대부터가 아닐까.

그런데 주위에는 "벌써 서른둘이에요." 하며 세상을 다 살아버린
것처럼 말하는 사람들이 있다. 이십대 때는 몰랐는데 삼십대가 되니
까 주름이 자꾸 보인다는 사람. 1년 전하고 지금이 또 다르다는 사
람. 그래서 너무 슬프다는 사람들. 그래 맞다. 동안은 참 중요하다.
나도 부지런히 관리해서 지금 외모를 유지할 수 있도록 해야겠다는

다짐도 해본다. 하지만 앞으로 삼십대가 지나가고 사십대가 되고, 오십대가 되고, 그 이상이 되었을 때…… 우리가 늙지 않도록 관리해야 하는 것은 피부뿐만이 아니다. 피부만큼이나 어쩌면 피부보다 더 주의를 기울여야 할 것이 있다.

'말'

말이 늙지 않도록 관리하는 일은 분명히, 너무나도 중요하다.

어디선가 "노인만 많고 어른은 없다."는 글을 읽었다. 아마 나이와 지혜가 반비례하는 사람을 '노인', 나이에 지혜가 비례하는 사람을 '어른'이라 부른 것 같다. 그런 의미에서 이야기해본다면 나는 노인 같은 사람을 본 적이 있다. 인생의 진리를 모두 깨달은 것처럼 말하는 사람들이나, 궁금해하지도 않는데 지나온 자신의 성공담들을 모두 읊어주는 자아도취형의 사람들이나, 대우받아 마땅하다고 생각하는 권위의식에 가득 찬 사람들. 일일이 언급하기는 힘들지만, 그들에게서는 젊은이들을 존중하는 자세보다는 자신이 존중받아야 마땅하다는 생각만이 가득해보였다. 나이가 들수록 마음에 여유가 생겨야 하는데, 그 여유가 나이의 어느 지점에 도달하면 점점 줄어드는 걸까.

그럼에도 불구하고 어른인 사람들도 만난 적이 있다. 많은 말보다는 따뜻한 눈빛에서 느껴지는 내공을 가진 사람, 성공담이든 실패담이든 젊은이에게 위로가 될 수 있는 이야기를 소탈하게 들려주는 사람들, 대우받기를 원하기보다 어린 사람들을 먼저 존중해주는 자

나를 매력 있게 하는 외면의 힘

세. 이들의 마음에서는 너그러운 여유가 보였다. 이 모든 것들은 말을 통해서 전달된다.

　내 앞에서 노인이 아닌 어른의 모습을 보였던 이들은 모두 '늙지 않는 말'을 구사하는 사람들이었다.

　첫 직장에서 만난 관리자였던 팀장님은 늙지 않는 말에 익숙한 사람이었다. 신입 강사들과는 경력 차이가 많이 나는 팀장이라는 직위에 있었음에도 불구하고 늘 먼저 다가와주는 따뜻한 리더였다. 외부 강의를 진행하고 현장에서 퇴근하는 날이면 어김없이 전화해 강의가 힘들지 않았는지 물어봐주며 고생했다는 말을 해주는 배려심이 가득한 리더였다. 그 와중에도 가장 기억에 남는 말은 단연 이 한마디이다.

　"내가 팀장이긴 하지만, 강사님들을 관리하는 사람은 아니야. 나는 강의를 더 빨리 시작한 그냥 강사 선배일 뿐이야. 그렇게 편하게 생각해줬음 좋겠어. 그래야 근무하다가 힘든 점이 있거나 도움이 필요할 때 나한테 편하게 이야기할 수 있잖아. 나는 강사님들이 강의를 더 잘할 수 있도록, 회사 생활을 더 잘할 수 있도록 도와주는 사람이야."

　부하직원들의 아니, 후배 강사들의 마음에 감동을 일으킨 관리자의 진심 어린 말. 이미 몇 년 전에 들은 말이지만 지금까지 또렷하게 기억이 나는 이유는 내가 생각하던 '늙지 않는 말'의 모든 조건을 갖춘 말이었기 때문이다.

오늘, 당신의 말은 다정한가요?

'늙지 않는 말'은 '겸손'한 마음으로 '가능성'을 열어두고 '경청'하는 말이다. 팀장이라는 직위에 있지만 '그냥 선배'라며 겸손하게 자신을 이르는 말. '내가 시키는 대로 해'가 아니라 강사들의 의견에 가능성을 두고서 그 말들을 정성스레 잘 들어주겠다는 의지가 돋보이는 말. 유시민 작가도 《어떻게 살 것인가》에서 이렇게 말했다. 권위를 내세우지 않고 젊은 사람들과 수평적으로 대화를 하는 것이 품격 있게 나이 드는 것이라고. 나는 그 품격이 노인과 어른을 구분한다고 생각한다.

젊은 시절에는 사람을 아름답게 만드는 것이 참 많다. 예쁘고 잘생긴 얼굴, 부드러운 피부, 멋진 몸매, 찰랑이는 머릿결. 그래서 말이라는 것이 조금 덜 따뜻하고 덜 아름답더라도 충분히 빛나 보일 수 있다. 그러나 시간을 거스를 수 있는 사람이 있을까? 흘러가는 세월을 멈출 수 있는 사람이 있을까? 시간을 거스르고, 세월을 멈출 수 있는 사람이 될 수 없다면…… 지금부터 부단히 말 관리를 해야 하지 않을까. 내 말에 주름이 생겨버리지 않도록. 피부 주름만 관리할 것이 아니라 말 주름도 관리를 해주어야 하지 않을까.

노인이 되느냐 어른이 되느냐…… 멋진 어른이 되고 싶다면, 지금부터 부단히 '늙지 않는 말'에 익숙해지기를.

간절함이 기적을 만든다

매출이 저조한 매장에 세일즈 코칭을 하러 간 날이었다. 경상도 지역에 있는 매장이었는데, 사투리를 전혀 쓰지 않는 남직원의 상냥한 말씨가 인상적이었다.

"팀장님. 서울분이세요? 말투가 젠틀하고 친절해서 고객분들한테 인기 많으시겠어요."

"아닙니다. 저는 포항사람인데, 아직 부족해요. 사실은 제가 말투가 싸가지가 없어 보인다고 엄청 욕을 많이 먹었어요."

누가 봐도 차분하고 부드럽게 대화를 하던 그는 근무 초반에는 말투가 차가워서 애를 꽤나 먹었다고 한다. 고객에게 친절하게 말을 해야 하는 것은 아는데 마음과 다르게 표현이 잘 안 되었다고. 그래서 처음엔 드라마 남자 주인공의 말투를 유심히 보았단다. 그랬더니 아무래도 경상도 사투리의 억양보다는 서울 말씨가 훨씬 부드러운 것 같아서 틈날 때마다 서울 친구들과 통화를 했고, 주말에는 어김없이 서울에 놀러갔다고. 단순히 놀러간 것이 아니라 서울 말씨를 쓰는 친구들과 어울리기 위해 먼 거리를 오고 간 것이다. 외국어를 효과적으로 공부하려면 외국 유학을 가는 것처럼, 그는 주말마다 서울로 유학을 갔다. 그렇게 1년이 지나면서부터 고객을 대할 때 사투리를 쓰지 않게 되었고 좀 더 부드러운 말씨를 구사하게 되었다고. 그 덕분에 친절한 말투로 칭찬을 받기도 하는 것 같다며 뿌듯해했다.

코칭을 할 때마다 깨닫는 것이 있다. 코칭 전과 후에 확연하게 달라지는 사람과 지지부진한 사람의 차이는 스스로에게 있다는 것을. 아무리 능력이 출중한 다이어트 코치와 함께라도 살을 빼겠다는 의지가 강인하지 않은 사람이라면 원하는 목표를 달성하기가 어려운 것처럼. 〈백종원의 골목식당〉이라는 프로그램을 보면 노력을 해보기도 전에 성공할 수 없는 이유에 집중하는 사람들이 출연해 그를 안타깝게 하는 경우가 있다.

포항 출신의 교육생분은 주어진 환경에 만족하지 않고 자신을 둘러싼 환경을 스스로 변화시키려는 노력을 했다. 그 결과 고치기 어렵다고 소문난 경상도 사투리를 말끔히 고칠 수가 있었다. 그렇게 원하는 것 하나를 이루어내고 나니 자신감이 생겼고, 이후 고객을 대할 때도 밝게 웃으며 친절한 말씨로 상담할 수 있게 된 것이다. 말과 대화에 오랜 시간 관심을 가지고 공부하면서도 언어습관은 평생에 걸쳐서 만들어진 것이고, 곧 그 사람의 또 다른 인격이기도 하기 때문에 변화하는 게 쉽지 않다고 생각했었다. 그러나 다양한 코칭을 진행하면서 사람들을 만나고, 그들이 변화하는 과정을 지켜보면서, 누구나 변화하고자 하는 강한 의지가 있다면 무엇이든 이룰 수 있다는 것을 알게 되었다.

종종 들르는 카페의 아르바이트생이 나에게 "언제 오나 기다리고 있었어요."라며 혹시 직업이 승무원이냐고 물어온 적이 있다. 승무원이 아니라 강사라고 대답하니까 사실 본인은 승무원 지망생이라 평소에 손님들의 말투와 태도를 유심히 지켜보고는 했단다. 그러다 한 달 전에 내가 손님으로 갔고, 주문할 때의 말투와 분위기를 보고 닮고 싶다는 생각을 했다며 이렇게 말했다.

"우아한 말씨를 쓰고 싶으면 우아한 말씨를 가진 사람을 자주 만나야 된다고 하더라고요. 그런데 언니를 보게 됐고 저는 용기를 내서 기회를 잡아야겠다고 생각했어요."

쑥스러운 마음에 글을 쓸까 말까 고민하다가 이렇게 쓰게 된 이유는 그녀는 좀 더 승무원다운 언행을 연습하던 중에 용기를 내서 나에게 다가왔고, 우연찮게 나는 그때 면접을 코칭해주는 일을 하고 있었다. 꿈을 이루고자 하는 마음에 감동해서 그녀의 최종 면접 전날, 무료로 코칭을 해주기까지 했다. 심지어 그녀가 준비한 면접 질문에 대한 대답을 전면 수정했는데, 다음 날 면접에서는 그 질문이 나왔고, 그녀는 최종 합격을 해 당당히 승무원이 되었다. 노력하는 사람에게는 운이 따른다는 말이 이런 걸까. 그녀의 기대대로 내가 승무원은 아니었지만, 결과적으로 그녀가 원하는 목표를 이루는데 도움을 줄 수 있는 사람을 만나게 되었으니까.

매장의 직원과 카페의 승무원 지망생에게는 공통적으로 '이것'이 있었다. 막연한 바람이 아니라 목표를 이루어내겠다는 굳은 '의지!' 꼭 이루어내겠다는 그 간절함이 그들의 변화를 가능하게 했다. 그 간절함으로 스스로 '기회'를 만들고, 꾸준히 '노력'한 결과 원하는 목표에 다다를 수 있었다.

최근 나에게 "어떻게 하면 말을 예쁘게 할 수 있어요?" 물어 오는 사람들이 많다. 말 때문에 관계에서 힘들어하는 사람들도 참 많다. "말투를 어떻게 고쳐. 그냥 생긴 대로 살래."라는 마음가짐이라면 변화를 기대하기란 어렵다.

사실은 나도 예쁘게 말하려고 노력하는 사람일 뿐이다. 오늘 생각하면 어제 내가 했던 말은 늘 아쉽다. 그래서 항상 나의 말을 다시 돌아본다. 부족했던 점을 되짚고 다음에는 어떻게 말하는 게 좋을지 늘 연구한다. 성찰하려는 노력만큼 내면은 깊어지고, 성숙해질 테니까. 노력은 배신하지 않고, 영원한 우리 편이 되어줄 테니까. 아, 얼마나 든든한가!

매화나무 같은 사람

시간이 참 빠르다. 회사를 그만둔 지가 벌써 1년이라니. 얼마 전, 오랜만에 함께 일하던 동료들을 만났다. 지금은 새로운 길을 가고 있지만 이따금씩 사내강사 시절을 추억하곤 한다. 많게는 한 달에 20회씩 강의를 진행하고 밤에는 중국어를 공부하고, 주말에는 취업준비생들을 위한 재능기부도 하면서 알차게 지내던 시절. 늘 배려해주는 상사들과 진심으로 응원하며 함께 일하던 강사들과의 기억도 소중하지만, 나의 교육생들이 그리울 때가 있다. 그럴 때면 방 한 켠에 놓여진 작은 박스 하나를 찾는다. 그 속에 쌓인 수백 장의 종이들을 꺼내 하나하나 읽어 본다.

"햇살 같은 강사님 덕에 강의내용이 쏙쏙 들어옵니다."

"아주 자세히 설명해주시고, 궁금한 점도 체크해주셔서 즐겁고 유익한 강의였습니다."

"강사님 열정적인 모습 감동입니다. 판매에 많은 도움이 되었습니다."

강의가 끝난 후에 교육생들이 정성스레 적어준 후기다. 한 사람 한 사람 얼굴이 떠오르면 마음속 깊이 감사를 전해본다.

회사를 그만둔 내게는 풋풋한 첫사랑 같은 기억이지만 동료들에게는 여전히 진행 중인 사랑이다. 그날 만난 동료가 며칠 전 진행한 강의로 자존감이 낮아졌다고 고백했다. 강의 현장이 늘 아름답기만 할 수는 없을 터, 강사에게 비수와 같은 말을 내리꽂는 교육생들이 간혹 있다. 그녀는 며칠 전 교육생에게 상처받은 이야길 했다. 길게 이어지는 교육이 듣는 사람 입장에서는 지루할 수 있지만, 그런 말을 입 밖으로 거칠게 내뱉으면 강사도 사람이기에 상처를 받을 수밖에 없다. 경력이 쌓일수록 예삿일로 넘기기는 하지만, 강의 전날 밤까지 열심히 준비했을 강사에 대한 배려로 속으로만 생각해주면 좋으련만. 조금 짓궂은 교육생을 만난 날에는 기운이 쏙 빠지는 그 심정을 나도 잘 안다.

이야기를 듣고 돌아오는 길에 입사 후 처음으로 매장 교육을 하러 갔던 때가 생각났다. 강의장에서 하는 강의와는 달리 교육생과의 실질적인 대화가 오가는 교육이었다. 신입강사들이 가장 부담스러워하는 교육. 더욱이, 입사하기 전 전자제품에 관심이 전혀 없던 나는 걱정이 더했다. 매장 문을 들어서기 전까지.

'세일즈 경험이 전무한 내가 세일즈 강사라니. 전자제품에 관심도 없던 내가 전자회사 강사라니.'

내가 과연 도움이 될 수 있을지, 나를 과연 강사로 신뢰할지가 두려웠다. 예상했던 것처럼 그들은 내가 신입강사인 것을 알고 거의 장난치듯 놀리듯했다.

"강사님, 세일즈 해봤어요? 강사님이 직접 한번 팔아보세요."

"강사님, 고객한테 그렇게 하나하나 다 설명할 시간이 없어요."

"제품력? 화술? 가격이 제일 중요해요. 가격 좀 낮춰달라고 해주세요."

그리고 세일즈에 관련 없는 여러 질문 세례들에 한 시간 동안 여긴 어디? 나는 누구? 딱 그 상태였다. 지금 생각해보면 당연한 일이었다. 오랜 세월 영업현장에서 일해온 분들이었기에, 갑자기 등장한 신입강사에 대한 신뢰가 형성되지 않은 상태였으니까.

'교육생분들에게 신뢰를 주려면 어떻게 해야 할까…….'

가장 먼저 내가 하는 말에 나부터 신뢰할 수 있어야 하고, 다음으로는 말뿐만 아니라 제시하는 말들에 대한 근거를 준비해야겠다고 판단했다. 사내에서 접할 수 있는 전국 매장의 다양한 세일즈 사례들과 마케팅 서적, 주변 지인들을 통해 생생한 실제 사례들을 공부했다.

그 후 연구한 세일즈 화법을 추천할 때면, 실제로 그 화법을 사용해서 매출을 올린 매장의 사례를 보여주었다. 그리고 고객 입장에서 실제로 전자제품을 사용하면서 만족스러운 부분들을 정리해서 공유하고, 신혼살림을 준비하며 전자제품 매장을 방문한 친구들을 인터뷰해 편안함을 느끼게 하는 영업사원의 태도, 구매를 결정한 결정적인 원인 등을 정리해 알려드리기도 했다. 간혹 모르는 질문을 받았을 때는 알아보고 연락드리겠다고 말한 뒤에 메모를 했고, 잊지 않고 알려드리려 노력했다.

그렇게 약 2년 정도의 시간이 흘렀다. 퇴사하기 전, 마지막 교육을 하러 간 매장에서의 기억이 참 감사하다. 교육이 끝난 후, 나의 마지막 강의라는 이야기를 들은 교육생분이 내게 말했다.

"아, 아쉬워요 강사님. 팀장님도 많이 아쉬워하시겠어요. 팀장님이 늘 교육 신청할 때 햇살 같은 강사님 보내달라고 하거든요. 이슬기 강사님이 최고라고!"

예상하지 못했던 말이었다. 다른 분들처럼 적극적으로 표현해주시는 분도 아니었고, 간간히 문자로 질문만 하시던 분이었는데 나를 그렇게 신뢰해주셨다니. 뭉클한 감동이었다.

6개월, 1년, 1년 반이라는 시간이 흐르면서 제품과 세일즈에 대한 공부만 한 것이 아니라 그간 사람과의 신뢰를 형성해왔다는 생각에 마음 한구석이 뜨거워졌다. 강의를 하면서 울고 웃던 많은 시간들이 겹쳐지며 시원섭섭했던 그때. 세일즈 경험이 없는 나를 과연 교육생들이 신뢰할 것인가에 대해 고민하던 새내기 시절이 생각나 웃음이 나기도 하던 날.

세일즈 경험이 없는 건 그때와 다를 게 없는데 강사로서 믿음을 준 이유가 무엇일까? 아마도 1년 반이 넘도록 축적된 시간과 그간 보여진 나의 말과 행동들 덕분이었겠지?

신뢰라는 것, 누군가를 믿는다는 것. 누군가를 믿고 의지한다는 것은 오랜 시간이 걸린다. 유명한 사람의 한마디가 사람들의 감동을 끌어낼 수는 있지만, 신뢰를 끌어내기는 어렵다. 또한 신뢰는 시간만이 해결해주는 과제도 아닌 듯하다. 시간이 흐를수록 더 멀어지는 사이도 생기기 마련이니까. 내가 신뢰할 수 있는 사람은 누구인가 곰곰이 생각해본다. 그리고 내가 누군가에게 신뢰할 수 있는 사람인지를 더욱 곰곰이 생각해본다. 긴 시간 동안 나에게 한결같은 모습을 보여주는 사람. 하는 말이 늘 일관성이 있는 사람. 그 말과 행동이 일치가 되는 사람. 나는 과연, 누군가에게 그런 사람일 수 있을까.

집 앞 공원을 산책하는데, 벌써 매화가 예쁘게 피었다. 그래, 매년 이 나무는 이 자리에, 이맘때 즈음 하얀 속살을 피워낸다. 한 해도 거르지 않고. 매화나무가 올해는 꽃을 숨기고 피어내지 않으면 어쩌나 의심한 적이 단 한 번도 없다. 문득 닮고 싶다는 마음이 들어 엷은 꽃잎을 한번 만져본다. 그래, 매화나무 같은 사람이 되어야겠다.

'그런데'와 에피타이저

오래전 유명 인사를 단독으로 초대해 인터뷰를 하는 TV토크쇼가 있었다. 그날은 인기 있는 여배우가 출연했다. 학창시절부터 연애와 결혼, 작품을 비롯한 오로지 자신의 이야기를 하는 자리였다. 꽤 시간이 흘렀음에도 지금까지 떠오르는 이유는 똑똑하고 아름답다는 평을 받는 연예인이었지만, 그녀의 화법이 보는 내내 조금 아쉬웠기 때문이다. 진행자가 그녀의 일화를 들으며 그녀의 입장이 되어 상황을 되짚어보거나, 그때의 심정을 유추해보려는 노력을 할 때마다 그녀는 이렇게 말했다.

"아, 그런 건 아니고……."

"아, 그런 게 아니라……."

보다 확실한 자신의 생각을 표현하려는 마음이었겠지만, 제3자의 입장에서는 진행자가 민망할 수도 있겠다는 생각이 떨쳐지지 않았다. 시청자의 반응이 궁금해 인터뷰가 끝나고 뉴스 기사를 찾아봤다. 아니나 다를까 댓글에서도 자꾸만 아니라고 하는 말투가 불편하고 거슬렸다는 사람들이 있었다. 느끼는 게 참 다들 비슷하구나. 그녀가 아마 그 댓글을 봤다면 '내 생각을 정확하게 표현하기 위해서 그랬던 거예요.' 하며 억울했을 수도 있을 것 같다.

하지만 시청자의 볼멘소리는 관심을 기울이며 경청하는 진행자의 입장도 조금 배려했더라면 더 아름다운 인터뷰가 되지 않았을까 하는 아쉬움 때문이었을 거다. 베테랑 진행자와 함께하는 '방송'이라는 특이 상황이었기 때문에 그런 화법도 재미의 요소로 승화되었지만, 실제 대화에서는 다르다.

사람의 내면에는 자신의 생각을 누군가에게 표현하고 싶은 욕구가 도사리고 있다. 그리고 그 생각이 인정받을 수 있기를 갈망한다. 나의 생각과 더 나아가 나라는 존재가 이해받을 수 있기를 원한다. 이러한 본질적인 욕구가 충족되었을 때, 내면으로 통하는 마음의 문이 열린다. 그 순간을 우리는 '소통'이라고 부른다. 그렇다면 서로의 의견에 차이가 있을 때 "그게 아니에요."라고 딱 잘라 말하는 것보다는 이렇게 이야기 해보는 게 어떨까?

"맞아요. 그렇게 생각하실 수도 있어요."

인정해주는 말. 나의 생각을 인정해주는 사람과 나의 생각을 인정해주지 않는 사람. 둘 중 어떤 사람과 더 오래, 더 깊이 대화하고 싶을까. 일상 속에서 나도 모르게 습관적으로 사용하는 말을 보면 타인과의 소통 정도를 가늠해볼 수 있다. 평소에 무의식적으로 사용하는 말이 '연결'하는 말인지 '단절'하는 말인지 생각해본 적이 있는가?

주위에 유난히 '근데'라는 말을 습관처럼 사용하는 사람이 있었다. 대화를 할 때면 "근데, 내 생각에는⋯⋯.", "근데 나는 이렇게 생각해."라고 하는 그녀를 사람들은 자기주장이 강한 사람이라고 말했다. 그래서 그녀에게 어떤 이야기를 하려고 하면 '혹시나 이 생각이 거부되지는 않을까, 그녀도 나처럼 이렇게 생각을 할까? 아닐 것 같아.' 대화를 시도하기도 전에 지레 짐작하고, 이야기하기를 포기하는 경우도 있었다. 나뿐만 아니라 다른 이들도 그랬다.

'그런데'는 일반적으로 앞의 내용과 상반되는 이야기를 할 때 사용하는 접속사다. 그래서 자기주장이 강하고 단호한 느낌을 준다. 대화를 하다가 누군가가 "근데⋯⋯." 라고 할 때 왠지 긴장이 되고, 거부감이 느껴지는 이유가 그때문인 것이다. 그렇다면 서로가 단절되지 않으면서 내 의견도 잘 말할 수 있는 방법이 있을까?

'선공감 후의견, 선인정 후의견'

나의 감정은 이러했지만, 그 사람의 감정은 그러했다. 나의 생각은 이러하지만, 그의 생각은 그러할 수 있다. 나는 나이기에 이렇게 생각하고 이렇게 느끼는 것이고, 그는 그이기에 그렇게 생각하고 그렇게 느낄 수 있는 것이다. 서로의 의견이 달라도 상대방의 말을 듣고 그의 입장에서 생각해보려는 습관이 필요하다. 그리고 그가 느꼈을 감정을 충분히 공감해주는 것. 공감이 되지 않는다면 그저 인정만 해줘도 된다. 공감을 하든 인정을 하든 그중 한 가지가 먼저다. 고급레스토랑에서 메인요리 전에 에피타이저가 나오는 것처럼. 좋은 대화에도 에피타이저는 필수다.

누군가와 함께 영화를 보러 갔다고 생각해보자.
"영화 어땠어?"
"OST가 너무 좋아서 영화 보는 내내 즐거웠어."
"아, 근데 나는 스토리가 좀 진부해서 아쉽던데."
위와 같은 경우는, OST가 좋아서 즐거웠다는 상대의 말을 깡그리 무시하고 단절시켜버린 대화의 예다.
그렇다면, 나의 의견을 말하기 전에 에피타이저를 추가해본다면.
"영화 어땠어?"
"OST가 너무 좋아서 영화 보는 내내 즐거웠어."
"아, OST좋으면 즐거운 기분 알지. 영화 보는 내내 좋았겠다. 나는 스토리가 좀 진부해서 아쉽긴 했어."
위의 대화에서처럼, 서로의 생각이 다를 때, 바로 나의 생각을 이야기하기 전에, 상대방의 생각을 인정해주면, 훨씬 부드럽게 연결되는 대화를 할 수 있다. 두 대화에서 분위기의 차이가 느껴지는가. 어떤 사람과 대화하고 싶은가.

가정에서도 사회에서도 커뮤니케이션 능력이 필수인 시대다. 생각의 차이가 있을 때 그저 참고, 양보하는 게 미덕이었던 때는 이미 지난 지 오래되었다. 자기PR시대라고 할 만큼 자신의 생각을 당당하게 표현하는 사람들이 인기를 끄는 시대다.

그렇기 때문에 더욱 중요한 것은 당당함이 무례함이 되지 않도록 하는 것. 내 생각을 매력 있게 잘 말하는 사람들은 상대의 생각을 공감하고 인정하는 '대화의 에피타이저'를 잊지 않는다. 대화를 하다가 머릿속에 '그런데'가 떠오를 때, 잊지 않고 공감과 인정의 에피타이저를 먼저 꺼내놓기를.

나를 매력 있게 하는 외면의 힘

긍정 포인트를 찾아라!

"아~ 진짜 힘들어 죽겠어!"

오랜만에 만난 친구가 반갑다는 인사도 없이 건넨 첫마디였다.

늘 밝게 웃던 얼굴이 온데간데없이 찌푸린 눈, 구겨진 미간, 어두운 안색, 심지어 새까만 눈동자마저 지친 느낌이었다. 무슨 일 있냐는 질문에 그녀는 몇 년 전부터 하던 이야기를 반복한다. 회사 일이었다. 그녀의 직속 상사는 평일과 주말을 구분하지 않고 일을 주었다. 심지어 상사의 가정사까지 돌봐야 할 정도로 업무의 구분이 명확하지 않았지만, 그에 상응하는 보상이 따르지는 않았다. 직장인들이 늘 하는 말로 하는 일에 비해 월급도 너무 적다며 결국엔 그만둬버리고 싶다고 분노를 터트렸다. 만날 때마다 고충을 토로하는 정도가 심해져가는 그녀가 안쓰러웠다. 어떤 이야기를 해주어야 친구의 마음이 조금이라도 가벼워질 수 있을까. 매번 반복되는 부정적인 대화의 소용돌이 속에서 어떤 말을 해주어야 하는 걸까 고민하던 그

오늘, 당신의 말은 다정한가요?

때, 떠오르는 한 장면이 있었다.

"이 회사는 정말 답이 없어."

사무실의 정적을 깨는 한마디. 나와는 격의 없이 편하게 지내는 사이이기도 하고 워낙 솔직한 성격으로 감정을 잘 꺼내놓는 동료의 목소리였다. 회사에 대한 불만이 하늘까지 닿을 것만 같던 그녀의 푸념. 사무실에 둘이 남을 때면 곧잘 그녀의 하소연을 들어주곤 했다. 역시나 이유는 일하는 양에 비해 적어도 너무 적은 월급, 말이 많은 사내 인간관계와 같은 것들이었다.

누군가가 마음속의 불만을 이야기할 때는 분명 그럴 만한 이유가 있다. 하지만 부정적인 이야기에 연신 고개를 끄덕이며 함께 불만을 토로하다 보면 그 문제와 감정들이 더욱 커져가는 것을 느낀적이 있을 것이다. 말을 한 사람도, 말을 들은 사람도 부정의 나락으로 계속해서 빠져들기만 한다면, 그 대화에서 과연 어떤 의미를 찾을 수 있을까. 힘든 이야기를 나누는 것만으로도 힘이 된다는 말이 있다. 그러나 부정적인 말이 습관이 된 사람을 만난 후, 집으로 향할 때, 에너지가 완전히 고갈된 느낌을 받은 적이 있는지…… 마치 도돌이표처럼 되풀이되는 불평에는 어떻게 말을 하는 게 좋을까?

나에게는 고민을 상담하고 속내를 털어놓는 이들이 많다. 대화를 하는 것만으로 마음에 따뜻한 위로가 찾아오는 것 같다고. 그녀들의 경우도 그랬다. 나에게 수녀님이나 도인의 아우라가 있다는 우스갯소리를 하며 전문 상담가로 활약을 하는 게 어떠냐며. 불만의 소리를 들어주는 것이 몇 번쯤이야 어렵지 않지만, 반복이 되면 나도 사람인지라 지치는 게 사실이다. 집으로 돌아오면 기운이 쫙 빠진 듯한 느낌을 받는 때도 있었다.

그러다 문득 알게 된 사실이 하나 있다. 습관적으로 부정적인 이야기를 하는 사람이더라도 스스로가 불만덩어리로 비춰지기를 원하는 사람은 없을 거라는 것. 사람은 타인 앞에서 부정적으로 보이는 것보다 긍정적으로 보이기를 원한다는 것. 불만을 소나기 퍼붓듯 쏟아내고 난 후 헤어진 친구가 '그렇다고 내가 그렇게 부정적인 것만은 아니야. 네가 늘 잘 들어주니까 힘든 점만 이야기해서 그렇지. 매사에 부정적으로 살지는 않아.'라는 문자를 보내온 적이 있다. 자신이 매사에 부정적이고 불평만 하는 것처럼 비춰지길 원하는 사람이 있을 리 만무하다.

그 후로 누군가 내게 하소연을 할 때면, '얘는 또 불만이구나. 왜 이렇게 부정적일까.'라며 단면적으로 치부해버리지 않는다. 그럼에도 불구하고, 그 사람에게서 찾을 수 있는 긍정적인 면에 초점을 맞추려 노력한다. 그 섬을 위의 친구와 동료에게도 시도해보았다. 그랬더니 그녀들에게서 공통점을 찾아낼 수 있었다. 회사에 대한 불만의 노래는 끊이지 않았지만, 그 누구보다 일을 열심히 하는 사람들이었다. 시키지 않은 일을 직접 찾아서 할 만큼 적극적이기까지 했다. 그 점이 그녀들에게서 찾을 수 있는 긍정 포인트였다.

그래서 첫 번째, 일단은 그녀들이 느꼈을 감정에 공감하고, 그저 잘 들어주었다. "그랬구나. 정말 힘들었겠다. 속상했겠다."라고 말하면 그 감정을 알아주는 것만으로도 그녀들은 위로를 받는 듯했다.

그리고 두 번째, 이 부분이 중요하다. 그저 공감만 하는 것이 아니라 대화의 방향을 좀 더 긍정적인 부분으로 돌리려는 시도다. 불만만 들어주고 끝내는 대화는 두 사람 모두에게 유쾌한 기분을 주기가 어렵다. 내내 하소연을 들어준 사람을 지치게 할 뿐만 아니라, 말한 사람도 집으로 돌아가면서 스스로를 부정적인 사람으로 여기게 될 확률이 높기 때문이다. 그래서 나는 상대방에게 긍정적인 희망의 가능성을 열어주기 위한 시도를 해본다.

"네가 맡은 일들을 열심히 하고 있는데, 회사에서 인정을 해주지 않는 것 같아서 속상한 거지?"

"네가 일에 더 책임감을 가지고 잘해보고 싶은 마음에서 이런 말들을 하는 것 같은데, 맞아?"

이렇게 긍정적인 방향으로 물꼬를 트기 시작하면, 대화의 방향이 달라진다. 하소연하는 상대를 불만덩어리로 취급하지 않고, 그 안에서 긍정적인 동기를 찾고자 노력해본다면 조금 더 지혜롭게 대화를 이어갈 수 있을 것이다. 내게 고민을 털어놓은 후 위로를 받았다는 사람들에게 내가 해답을 주거나 실제로 어떤 도움을 준 적은 별로 없다. 다만, 상대에 대해서 보다 긍정적인 상을 그려 상상해보고, 그들에게 숨겨져 있는 긍정의 뿌리를 놓치지 않고 발견하려는 노력을 했을 뿐이다.

기쁜 일이 있거나, 고민이 있거나, 어떤 특별한 일이 생겼을 때, 우리는 지인들과 대화를 나눈다. 같은 이야기를 해도 누군가와는 마음이 편안해지고, 누군가와는 마음이 불편해지는 것을 느껴본 적이 있을 것이다. 분명 기분이 나빴는데 대화를 마친 후 기분이 좋아졌던 적, 기분이 좋았는데 대화를 하다가 마음이 상했던 적도 있을 것이다. 이는 같은 상황에서도 상대가 나에게 한 말에 따라, 내 감정이 좋아질 수도, 나빠질 수도 있다는 것을 의미한다.

내가 하는 말 한마디가 상대의 감정을 좌지우지 할 수 있는 것이라면 '말'은 보다 정성을 들여야 할 대상이라는 것, 절대 가벼울 수 없다는 것을 알게 될 것이다. 한 문장, 단어 하나 마다 정성스러운 태도로 말을 대해야 한다. 앞으로 맞이하게 될 다양한 상황들 속에서 내 말이 과연 저 사람의 마음에 긍정의 씨앗을 심어줄 수 있을지 한 번 더 생각해보기를. 내 앞에 있는 소중한 사람의 마음에 긍정 씨앗을 뿌리내려, 줄기를 뻗고, 꽃을 피울 수 있기를. 세상에 긍정의 말을 피워내는 사람들이 많아진다면 참 좋겠다.

판단하거나 존중하거나

길을 가다가 이것만 보면 단번에 시선을 빼앗긴다. 그저 바라보는 것만으로도 행복한 기분이 들어 눈을 떼려야 뗄 수가 없다. 멋진 차? 잘생긴 남자? 반짝이는 보석? 그보다 훨씬 더 반짝반짝 빛을 내는, 순도 백 퍼센트의 어린아이들을 보는 순간이다. 그럴 때면 나도 모르게 주책맞은 오지랖(?)이 발산된다.

"어머. 아기가 너무 예뻐요. 어쩜 이렇게 방긋방긋 잘 웃어요?"

그런 나에게 친구들은

"야, 공부 그만하고 빨리 시집이나 가."

내가 딸을 낳으면 얼마나 고슴도치 엄마가 될지 눈에 선하다며

"그런데 네 딸은 너 닮아서 엄청 애교도 많고 예쁠 거 같아."

라고 말해준다. 그렇지, 내 딸은 너무 예쁠 거라며 군이 부정하지 않던 나도 참 못 말린다. 얼른 좋은 사람을 만나라는 친구들의 말에 알겠다고, 내가 먼저 좋은 사람이 되겠다고 대답한다.

'내가 좋은 사람이 되면 내게 어울리는 좋은 사람이 나타나겠지
…….'

그런데 주위에서는 심심찮게 이런 말들이 들려온다.

"와 요즘 이상한 사람들 정말 많아."

"사람이 어떻게 그럴 수가 있지?"

너나 할 것 없이 한 번쯤 해보았음직한 말. 보통 자신이 생각하
는 기본 가치에 어긋난 행동을 하는 사람을 보거나 성향이 너무 다
른 사람을 만났을 때 내뱉는 말이다. 최근에 나도 비슷한 생각을 한
적이 있다.

'저 사람은 왜 저러지? 이기적인 걸까…….'

그런 생각을 하니 머릿속이 복잡해지고 유쾌하지 않았다. 매일
아침을 시작할 때 스스로 다짐하는 바와 상충하는 생각이었기 때
문에.

세 달째, 아침에 눈을 뜨면 하루를 위한 출사표를 작성한다. 그
중 하나는 이것이다.

'나는 타인의 다양한 모습을 존중하고 지지하는 사랑을 보낸다.'

사람에 대한 존중을 실천하기 위해 매일 아침 반복해서 적는 이
글들은 꽤 효과가 있다. 타인에 대한 불만스러운 시선이 자연스레
나의 내면으로 향하게 된다.

'나의 어떤 생각이 저 사람을 판단하고 있는 걸까?'

'나의 어떤 생각이 저 사람을 인정하지 못하고 있는 걸까?'

나는 초면에 지켜야 할 예의에 어긋나 보이는 그녀의 태도에 당황해 불편한 감정을 느꼈고, 그러한 나의 '생각'이 그녀를 예의가 없는 사람으로 '판단'하고 있었다. 한 번도 아닌, 두 번이나 그런 태도를 보았기 때문에 그 판단에 더욱 힘이 실렸다. 그렇다면 나의 이 판단이 과연 '사실'일까? 그녀는 정말 예의가 없고 이기적인 사람일까?

대답은 '모른다.'였다. 그녀는 나의 시선으로 보기에 예의가 없다고 생각되는 행동을 했고, 이기적이라고 생각되는 행동을 했지만, 그렇다고 해서 그녀가 예의 없는 사람이고, 이기적인 사람이라고 할 수는 없다. 그녀가 가족에게는 어떤 사람인지, 친구에게는 어떤 사람인지 알 수가 없기 때문에. 그녀가 누군가에게는 아주 예의바르고, 따뜻한 사람일 수 있는 가능성이 존재하기 때문에.

모든 인간관계가 그렇지 않을까. 우리가 보는 타인의 모습은 그들이 가진 다양한 모습들 중 일부일 뿐이다. 가족이든, 연인이든, 직장상사든 그들의 부정적인 부분만으로 선입견을 가진다면 개선의 여지가 있는 긍정적인 가능성의 싹을 잘라버리는 것과 같다.

상대방에 대한 불편한 감정을 깊숙이 들여다보면 그 원인은 타인에 대한 나의 '불인정'에 있다. 그 마음이 가득하면 서로의 관계는 더욱 악화될 수밖에 없다. 물론, 나 또한 인정할래야 인정하기 어려워 고통스러운 사람들을 맞닥뜨리는 순간들이 있었다. 많은 이들이 직장에서, 가정에서, 연인 사이에서 여러 관계에서 이러한 고통을 마주한다. 끊을 수 있는 관계라면 끊어버리는 게 마음이 편할 것이고, 그 사실을 알려 해결할 수 있다면 그렇게 하면 좋겠지만, 그럴 수 없을 때 효과가 있는 나만의 방법이 있다.

그들의 가장 선한 모습을 상상해보는 것. 그 사람도 누군가의 다정한 아빠이거나 엄마이지 않을까. 혹은 누군가의 사랑스러운 딸이고 아들이지 않을까. 그리고 그들 모두는 순수하고 귀여웠던 어린 시절이 있었다는 사실을 떠올려 보면 그 순간만큼은 인정하는 마음이 생긴다. 도저히 이해가 되지 않는 사람들의 선한 모습을 상상해 보는 일, 그들이 가족을 대하는 상냥한 모습, 그들이 순수하게 뛰어놀던 어릴 적 모습을 떠올려 보는 일들은 그들을 사람이라는 존재 그 자체로 인정하고 존중하기 위한 나의 노력이었다.

10년 동안 절도범으로 살던 택시기사가 건강한 삶으로 돌아온 기사를 보았다.

그에게 삶의 전환점이 되어 준 것은 경찰관의 따뜻한 말 한마디였다. 만취한 승객의 지갑을 털어 10년 동안 5,000만 원에 달하는 금액을 취하다 어느 승객의 신고로 경찰서에 붙잡힌 그는, 당시 하나의 사건 명목으로만 조사를 받고 있었다. 그러나 경찰관이 건넨 따뜻한 말들에 그간의 절도 사실까지 모두 자백한 후 정당한 죗값을 받게 된 그는 현재 열심히 일하고 봉사하며 행복한 삶을 살고 있다.

단순한 범죄 이야기가 해피엔딩이 될 수 있었던 것은 상대방을 존재 자체로 '존중'해준 경찰관의 말과 태도 덕분이었다. 경찰과 범

죄자의 관계였지만, 상대에게 고개를 숙이며 정중하게 인사하는 태도, 존칭을 사용해주고 식사를 거르지는 않았는지 물어봐주는 경찰관의 따뜻한 말 한마디가 그에게 존중받을 수 있는 사람이라는 깨달음을 주었고 다시 시작하고 싶다는 희망을 가지게 해주었다. 한마디 말이 인생을 바꾼다는 것이 영화나 소설에서만 일어나는 기적 같은 일이 아니라는 방증이다. 사람을 진심으로 존중해주는 마음, 그리고 그 표현의 말들이 일궈낸 가슴이 따뜻해지는 이야기.

서울대학교 심리학과 최인철 교수는 《프레임》이라는 책에서 내가 상대방에게 '상황'이 될 수 있다고 이야기 한다. 상대방의 행동을 유발하는 원인이 나에게 있다는 의미이다. 그 예로 흑인이 폭력적일 것이라고 기대하는 백인은 흑인을 대할 때 경계하게 되고, 그 경계심을 느낀 흑인은 어색하고 불친절한 태도를 보이게 된다. 그러면 백인은 역시 흑인은 그렇다는 선입견을 강화하게 되고, 흑인의 행동을 유발한 사람이 자신이라는 사실을 깨닫지 못하면서 관계의 악순환을 초래한다고 말하고 있다.

내가 상대방에게 상황이 될 수 있다는 말에 전적으로 동의한다. 그렇기 때문에 사람들을 대할 때 긍정적인 기대를 가져본다. 한 사람을 선입견을 가지고 판단하기 전에 그 사람도 존중받아 마땅한 사람이라는 생각. 그 사람의 존재를 그대로 인정해주기 위한 노력. 그렇게 타인을 바라보는 나의 따뜻한 시선이 나의 행동을 만들고, 나아가 타인에게 긍정적인 영향을 줄 수 있다면…… 좋은 사람이 많고 적음을 토로하기 전에, 먼저 내가 어떤 사람이 될 수 있을까에 대해 생각해보는 시간을 가져보는 건 어떨까.

단골카페에 앉아 글을 쓰고 있는데 왼쪽에서 소곤소곤 엄마와 딸의 대화소리가 들린다. 여자 아이가 털실로 만들어진 키가 큰 기린 인형에 시선을 고정한 채 발을 떼지 않는다.

"초코 우유 먹으러 얼른 자리에 가자."

"아이 예쁘다. 예쁘다아."

아이는 자그마한 손으로 연신 예쁘다 말하며 기린의 등을 두 손으로 토닥토닥 조심스럽게 쓰다듬는다. 아주 귀엽고 사랑스러운 모습으로. 생명이 없는 기린 인형인데도 존중하고 귀하게 여기는 아이의 천진한 마음이 반짝반짝 빛나 보인다. 옆에 있던 엄마는 "아이고 우리 딸 동물원 데려가야겠네."라며 발길을 재촉한다.

나라면, 내 딸이라면 나는…… 엄마 눈에도 기린이 참 예쁘다고, 기린이 어디가 예뻐 보이는지 물어보아주고 싶다. 그 모습을 예쁘고 소중하게 생각할 줄 아는 너의 마음이 참 예쁘고 고맙다고 해주고 싶다. 기린도 고마워하는 것 같다고 말해줘야지. 그렇게 무언가를 어여삐 여기는 마음을 가지니 너의 마음이 어떤지도 물어봐야지. 내 딸이라면 아마 행복하다고 하겠지?

"지금 이 기린은 살아 있지는 않지만, 참 소중하지? 앞으로 우리 딸이 자라면서 만나게 될 살아 있는 동물들, 사람들도 모두 이렇게 소중하고 예쁘게 생각해줄 거야? 와, 그럼 우리 딸 마음은 더 더 행복해지겠네!"

아, 친구들 말대로 정말 고슴도치 엄마에 수다쟁이 엄마가 될 것만 같다. 기린 인형을 어루만져주던 아이의 어여쁜 모습이 마음을 간지럽힌다. 햇살처럼 빛나는 그 귀한 마음으로 앞으로 만나게 될 사람들 저마다의 가치를 존중할 줄 알고, 귀하게 생각하는 따뜻한 사람으로 자라나기를!

chapter 6

내 인생을 바꾼
다정한 말

나를 전하는 말

"넌 왜 연애를 안 해?"

"난 연애하고 싶은 생각이 별로 없어."

"결혼 안 할 거야?"

"응. 나는 결혼 안 할 거야."

독신주의라고하기에는 애매하지만, 결혼에 대해 현실적으로 생각해본 적이 없었다. 믿음이 없었다고 하는 게 더 맞을 수도 있겠다. 결혼이 사랑의 행복한 종착지라는 생각보다 구속이라는 생각이 먼저 들었다. 남녀가 서로를 영원히 사랑할 수 있는 것인지 의심스러웠다. 연애나 결혼을 절대 안 하겠다는 생각은 아니었지만, 그보다는 늘 꿈이 우선이었다. 혼자 영화보기, 혼자 쇼핑하기, 혼자 밥 먹기, 혼자 여행하기. 혼자서도 잘 지내는 성격이었기에 외로움을 느끼지 못했던 탓도 있었겠지. 주위에서 신기하다는 눈빛을 보냈지만, 솔직히 말하면 나도 친구들이 남자 때문에 힘들어하는 마음, 눈물

흘리는 감정에 공감하지 못했다.

나에겐 나, 그리고 내 꿈이 제일 소중했다.

그러던 어느 날. 스물여덟의 여름, 그를 만났다.

'아, 이 사람…… 내 남자친구 하고 싶어!'

연애에 관심이 전혀 없던 내가 그를 본 순간 들었던 생각이다. 마치 어느 영화에서처럼, 생각지도 못한 장소에서, 아무런 준비도 없이. 마음속에 한 남자가 훅 들어와버렸다. 그렇지만 연애상대로 보기엔 나이 차이도 많이 났고, 너무나 공적인 관계였다. 진행하고 있던 일이 마무리가 되면 휴대폰 번호 정도는 물어봐도 되지 않을까 생각하던 중에 우연히 연락이 닿게 됐다. 내가 사는 지역에 일이 있어 오게 된 그와 저녁 시간을 함께 보냈다. 나에겐 그와의 첫 데이트였다.

약속한 날을 기다리는 동안 매일이 설렘이었다. 그날엔 비가 내렸다. 친구에게서 문자가 왔다.

"처음 데이트 하는데 비가 오네. 킥킥"

"비 오는데 우산은 어떡하지? 따로 써야 하나, 같이 써야 하나?"

"따로 쓰긴 좀 그렇지 않아?"

"같이 쓰는 것도 좀 그렇지 않아?"

"너는 어떻게 하고 싶어?"

"당연히 같이 쓰고 싶지!"

"그럼…… 네가 카페에서 기다리고, 우산이 없다고 해."

"그럼 내 우산은?"

"화장실에 버려!"

큭큭 웃으며 '이, 요물'이라는 유행어로 장난스러운 이야기를 나누다 그를 만나러 갔다.

저기, 우산을 쓰고 서 있는 남자가 보였다. 딱 두 번 봤는데 왜인지 익숙한 사람. 친구와 나눈 고민이 무색할 만큼 아주 자연스럽게 우산을 접고 그의 우산 속으로 쏙 들어갔다. 늦은 저녁이었지만 나의 밝은 모습에 그도 내내 여행하는 것 같다며 즐거워했다. 일할 때에 점잖고 어른스러웠던 모습과 달리 내내 들뜬 소년 같았다. 그 모습이 참 귀엽고 친근했다. 대화를 나누며 알게 된 그는 여태 본 적이 없을 정도로 꿈을 향해 치열하게 살아온 사람이었다. 듣기만 해도 고스란히 전해지는 지난날의 힘겨웠을 시간들을 신이 나서 말하는 이 남자는 정말 본인이 하는 일을 사랑하는구나. 이미 하고 있는 일이 많지만, 앞으로 이루어 내고 싶은 것들도 참 많은 사람이구나. 열정이 가득한 그가 참 사랑스러워보였다.

"다음에 오면 일 끝나고 밥 같이 먹어요."

눈을 마주치지 않고 더듬더듬, 쑥스러운 듯 그가 말했다. 열 살이나 많은 남자가 이렇게 멋지고 귀여울 수 있다니. 그렇게 그는 돌아갔고 잘 도착했다는 연락, 다음 날 잠깐의 연락을 한 이후로 매일 연락 하지는 않았다. 공적인 관계가 조심스러웠을 거고 나도 그랬다. 매일 보고 싶었지만 선뜻 먼저 연락하지는 못했다. 연락을 자주 하지는 않았지만, 약속을 잡기 위해 전화를 하고, 시간을 내는 모습을 보면 나와 마음이 다르지는 않은 했다. 그렇게 만나게 되면 그때마다 그는 내게 의미심장한 말들을 했다. 지금 생각해보면 그는 나를 만나는 내내 '나는 당신을 공적으로 대하고 있지 않아요.'라는 의미를 전하고 있었다. 모든 상황이 그와 나의 마음이 같은 방향이라는 걸 표시하고 있었는데, 때문에 나는 행복해하고, 그와의 데이트를 기다리기만 하면 되는데, 늘 무언가 마음이 불안했다.

"나 그 사람 목소리 듣고 싶어."

"그럼 연락해!"

"사적인 연락이 조심스럽지 않을까? 그리고 너무 바쁜데 부담될까 봐……."

"카톡 하나가 뭐 그렇게 부담이야."

무엇 하나 쉬운 게 없었던 것 같다. 그렇지만 바쁜 와중에도 나와 만나려 노력하는 모습. 그리고 꼭 삼쏘(삼겹살에 소주)를 함께하자며 먼저 데이트를 제안하는 그 모든 모습들이 고마웠고 기뻤다. 소주를 마시기로 한 그날, 그의 마음을 고백할 수도 있겠다는 생각을 하며 설렜는데…… 그는 전혀 다른 말을 했다.

저녁을 먹고 영화를 보러 가자던 그는 갑자기 술을 한잔 더 하자고 했다. 그리고선 도착하자마자 대뜸 자신이 살아온 긴 삶에 대한 이야기를 했다. 어렸을 적 많이 아팠던 이야기, 늦은 나이에 원하는 꿈을 위해 도전하고 노력했던 이야기, 남들보다 늦었던 첫 연애 시기까지 고백하던 그는 자신의 삶에 일이 어떤 의미인지에 대해 이야기해주었다. 그리고 마지막에는 이렇게 말했다.

"제가 많이 바빠요. 연애를 해도 늘 일이 우선이 되고…… 여자는 보고 싶을 때 봐야 되는데, 그게 잘 안 되니까 미안해지고.…… 옆에 있는 사람도 힘들어하더라고요. 귀한 집 자식인데, 나 때문에 힘들어하는 거 아닌가 싶고……."

그러면서 나를 지그시 바라보았다.

그때는 '이 사람도 나한테 마음이 있는 줄 알았는데, 아닌가…… 뭐지?'라는 생각만 들었지만 사실 그는 나에게 부단히 자신을 전하고 있었다. 평소 말수가 많지 않았던 사람이었지만, 그날만큼은 솔직한 자신의 모습을 나에게 보여주고 있었던 거다. 하지만 나는 그가 용기 내어 전한 말들을 온전히 받아주지 못했다. 연애가 처음이라, 고백은 꽃다발을 건네며 "좋아해요." 하는 거라고 생각했었기에 그의 모든 말들이 내게는 '물음표'였다. 그랬다면 나도 그처럼 내 안의 물음표들을 꺼내어 그에게 전해야 했는데, 그렇게 하지 못했다.

"너 바쁜 남자 괜찮다며. 왜 그 사람한테 괜찮다고 안 했어?"

나는 그가 늘 바쁠 거라는 걸 알았지만 좋았다. 그리고 그를 진심으로 이해해줄 수 있는 여자가 나라고 생각했다. 바쁜 사람과의 연애는 어렵다고, 정말 괜찮겠냐는 친한 친구의 물음에

"응. 난 괜찮아. 나는 그냥 그 사람 있는 모습 그대로가 좋은데. 그러니까 그 사람이 사랑하는 일도 사랑해 줄 거야. 나 때문에 그 사

람이 꿈을 조금이라도 포기해야한다면 나는 그게 더 싫을 것 같아."

당당하게 말했다. 그런 나의 진심을, 정작 전해야 할 그에게 전하지 못했던 이유가 무엇이었을까.

어쩌면 그는 정말로 나에게서 "바빠도 괜찮아요. 이해해줄 수 있어요."라는 말을 기다렸을 수도 있다는 생각에 매일 후회했다. 마음을 전하지 못했다는 사실에 자책했고, 그런 내가 너무나 미워서 참 많이 울기도 했다. 보통은 처음 사랑에 빠지면 과하게 표현을 해서 문제라는데 나는 왜 내 마음을 그토록 숨기고, 표현하지 못했을까. 분명 그의 마음에도 내가 있었을 텐데, 뭐가 그렇게 두려웠을까. 어쩜 그렇게 사랑한다는 말을 잘하고, 표현을 잘하냐는 말을 들으며 살아온 나인데. 그 누구보다 진심을 잘 전하고 싶었던 사람에게, 왜 나는 그렇게 하지 못했던 걸까…….

그렇게 스스로를 미워하며 3년이 흘렀고, 나는 그때의 내가 그렇게밖에 할 수 없었던 이유를 알았다. 시간을 돌린다고 해도 그때의 나는 그렇게 할 수밖에 없을 거라는 걸 알았다. 그리고 나를 미워할 게 아니라 오히려 토닥여주었어야 했다는 사실도 뒤늦게 알게 되었다.

초등학생 때 백일장에 참가해 소나기란 주제로 글을 썼다.

'잠깐 내렸다 그치는 소나기는 사람 마음 같다.' 소나기를 바라보는 열두 살의 시선은 그립고 아련하고, 영원한 것이 없음에 대한 슬픔을 지니고 있었다.

열한 살 때, 엄마가 사라졌다. 늘 자고 일어나면 곁에 있던 엄마가, 한 밤을 자고 두 밤을 자고 일어나도 옆에 없었다. 아빠와 엄마는 어린 나이에 나를 낳았고, 아빠보다 세 살이 더 어렸던 엄마는 그때, 지금의 나보다 훨씬 어렸다. 물론 아빠도 마찬가지였지만. 엄마가 사라진 이유에 대해서 짐작 가는 것들이 많았지만 입 밖으로 꺼내는 사람은 없었다. 그 나이의 엄마는 누군가의 울타리가 되어주기보다 자유로운 여자이고 싶었던 것 같다.

　언젠가 집으로 전화가 왔다. 엄마였다. 딸과 아들이 보고 싶긴 했었을 거고, 어린 나는 엄마의 목소리가 반가웠고 또 보고 싶었을 거다. 엄마는 말했다.

　"엄마가 또 전화할게. 엄마한테 전화 왔다고 아무한테도 얘기하지 마. 그럼 엄마 전화 안 해."

　"응 엄마."

　엄마가 전화하지 않을까 봐 두려운 마음에 그 누구에게도 이 사실을 알리지 않았다. 전화기 앞에서 엄마의 전화를 기다리던 그때…… 간간이 걸려오던 전화는 철저하게 약속을 지켰음에도 불구하고 언젠가부터 울리지 않았고, 엄마의 목소리를 다시 듣지 못했다.

　그 후로, 아빠가 엄마를 잊지 못해 힘들어하는 모습을 볼 때면 아빠를 위로했고, 시간이 흐르면서 그 모든 기억을 서서히 잊어갔다.

　신기하게도 정말 그때의 기억을 모두 잊은 채로 살았다. 그 일이 상처라고 생각한 적이 단 한 번도 없었다. 자라면서 엄마가 없어서 외로웠다거나 힘들었던 기억이 없다. 부잣집 외동딸 같다는 말을 자주 들을 만큼 사랑이 가득한 사람으로 자랐고 나도 그런 줄로만 알았다.

내 사랑에 결핍이 있었다는 걸, 나에게 부족한 게 있었다는 걸, 사랑을 하면서 알았다. 가려지고 인정하지 않았을 뿐, 내 마음에는 상처받은 어린 소녀가 내내 살아 있었던 거다. 보이지 않는 곳에 숨어서 아물지 않은 상처를 그대로 지닌 채로.

초등학교 4학년이라고 해봐야 아주 어린 꼬맹이인데. 그 꼬맹이에게 엄마는 한 세상이었을 텐데. 그 세상이 하루아침에 사라진 어린아이에게 어떻게 상처가 아닐 수 있을까 하는 생각이 서른이 넘어 들었다. 주위 친구들이 결혼해 낳은 아이들을 보면서, 그때 나와 내 동생이 저렇게 어린아이였구나…… 싶은 생각이 들 때면 가슴이 먹먹해진다.

사랑을 두 가지로 나누어본다. 이성간의 사랑 그리고 그 외의 사랑. 감사하게도 후자의 사랑에서 의심하지 않고, 마음껏 사랑을 표현하고 받을 수 있었던 건 엄마의 빈자리가 느껴지지 않을 만큼 혼신의 힘을 다해 나와 동생을 키워주신 아빠의 따뜻한 사랑 덕분이다.

그러나 아빠와 엄마의 영화 같았던 사랑이 너무나 빨리 끝이 났고, 아빠는 그 사랑의 여파로 오랜 시간 힘들어했다. 그리고 약속을 지켰지만 영원히 내 곁을 떠난 엄마. 그 아픈 사랑의 결과를 보았고 믿음에 대한 엄마의 배신(?)을 경험한 나였기에, 사랑이 어려울 수밖에 없었을 텐데. 내 탓을 할 게 아니라, 그럴 수밖에 없었을 거라고 인정해주었어야 했는데. 그런 나를 나조차도 인정해주지 않고, 미워하고 있었다. 내가 나에게 너무나 가혹했다는 생각이 들어 오랫동안 소리 없이 눈물이 뚝뚝 흘렀다. 잊고 있었던 그 장면의 아이가 '나'인데, 내가 아닌 다른 소녀 같은 느낌이 들어 가여웠다. 그 어린 아이가 얼마나 무서웠을지, 얼마나 불안했을지 그 마음을 외면한 채 미워하기만 한 사실이 미안하고 또 미안했다.

'그래서 그랬구나…… 괜찮아. 이제 괜찮아.'

처음으로 사랑하게 된 남자에게 나의 마음을 전하는 게 두려웠던 건 그 마음이 너무나 진심이었기 때문이었다. 어린 시절 가장 소중한 사람에게 외면당했던 상처를 숨긴 채로, 아무 일이 없었던 것처럼 덮어두었었기에. 모든 탓을 나에게 돌렸고 스스로의 행동이 이해가 되지 않았고 밉기만 했던 거다. 그렇게 지난 나의 상처를 인정함으로써 누군가를 진심으로 사랑하는 것이 행복하지만 두려웠던 모순적인 감정을 이해할 수 있게 되었다.

만약 지금 비슷한 아픔을 겪는 사람이 이 글을 읽고 있다면 꼭 해주고 싶은 말이 있다.

당신이 지금 어떤 관계에서 연약하다면, 그래서 상처를 받고 있다면 일단 그 관계에서 거리를 좀 두었으면 좋겠다. 거리를 두고 상대방보다 당신 자신을 따스한 시선으로 바라보아 주었으면 좋겠다. 당신이 연약할 수밖에 없는 이유를 알게 되면, 그 모습 그대로의 당신을 인정하고 보듬어주었으면 좋겠다.

오늘, 당신의 말은 다정한가요?

그리고 무엇보다 정말 분명하게 말할 수 있는 건 연약한 관계의 이유는 오로지 한 사람만의 탓 일수는 없다. 내가 연약한 만큼, 그도 연약하기에 그 관계가 불안한 거다. 그 사실을 알고, 혹여라도 나처럼 자책하거나 스스로를 미워하지 않기를. 혹여라도 지금 스스로를 미워하고 있다면, 그 시간이 오래가지 않기를…….

"부족해도 괜찮아요. 연약해도 괜찮아요. 아파해도 괜찮아요. 부족하고 연약하고 아파하는 당신을 미워하지 말아요. 당신의 있는 모습 그대로를 껴안아주고 토닥여주는 일이 당신이 지금 바라는 그 어떤 일보다 가장 먼저예요."

내 인생을 바꾼 다정한 말

터닝 포인트를 만드는 질문

"이렇게 큰 상 주셔서 정말 감사합니다."

늘 꿈꾸던 인생에서 꼭 나오는 한 장면이었다. 연말 시상식에서 수상하는 장면을 연기해보는 일. 스무 살 때 영화관에서 아르바이트를 할 때면, 관객이 모두 빠져나간 상영관 앞에 서서, 가득 찬 관객석을 상상하며 무대 인사 놀이를 하기도 했다. 초등학생 때는 가수를 꿈꾸었고, 고등학생 때부터는 배우를 꿈꾸었다. 무려 16년 동안 내내 연예인이 되겠다던 생각을 놓지 않던 내가 거짓말처럼 하루아침에 그 꿈을 놓았다. 긴 시간 동안 배우의 꿈을 반대하던 이들 사이에서도 꿋꿋이 고집하던 내가 변화하게 된 이유의 시작은 사랑이라는 감정을 느끼면서부터였다.

연애에 관심이 없었던 나는, 배우가 되어야 연애를 할 거라고 단언했다. 결혼은 말해 무엇할까. 어릴 적부터 어슴푸레 상상하던 나의 결혼식장은 늘 동료 배우와 기자들로 북적이고 있었다. 화려한 스포트라이트를 받는 삶. 그런데 어느 날부터 가슴속에 작은 물음표들이 생겼다.

'이 행복한 기분은 뭐지?'

막연하게 행복은 내 꿈을 이루어야 맛볼 수 있는 것이라고 생각했다. 인생에서 행복이 무엇인지에 대해, 어떻게 사는 게 행복한 인생인지에 대해 진지하게 고민해보았던 적이 있었던가.

'꿈을 이루어야만 해.'

라는 생각만이 온 마음을 지배했었다. 그런데 누군가의 목소리를 듣는 것만으로도 세상을 다 가진 것처럼 행복하게 웃고 있는 나를 발견하면서 인생의 행복이 무엇인지에 대해 처음으로 진지하게 고민해보게 되었다. 행복이란 무엇인가.

사람들이 내게 배우가 되고 싶은 이유를 물으면 늘 이렇게 대답했다.

"밝은 드라마나 영화를 통해서 나의 좋은 기운을 시청자들에게 전하고 싶어요."

라고. 그래야만이 행복한 인생을 살 수 있다고 믿었다. 그러나 이십 대의 끝자락에서 인생에 행복을 가져다주는 본질은 '사랑'이라는 것을 알았다.

'사랑하는 사람과 평범하게 살아가는 게 행복이지. 행복이 특별한 게 아니었어.'

어쩌면 평범하게 사는 게 더 어려운 것 같기도 하지만, 내가 대단한 사람이 되어야만 행복할 수 있는 게 아니었다는 깨달음은 새로운 질문을 품게 했다.

'왜 배우가 되고 싶었던 거지?'

많은 이유가 있었다. 사람들에게 좋은 영향을 주고 싶다는 것, 다양한 인생을 경험하는 즐거움, 예쁜 것들을 누리는 삶의 기쁨, 드라마나 영화에 출연해 유명해지고 싶다는 기대, 좋아하는 연예인을 만나보고 싶은 호기심 등등. 그런데 행복에 대한 정의를 다시 내리게 되면서 유명해지고 싶다거나, 좋아하는 연예인을 만나겠다는 식의 화려한 바람들은 욕망의 저편으로 사라졌다.

다양한 인생을 연기하고 싶다던 바람도 사실은 나의 성향과 맞지 않는 것 같았다. 처음 연기를 시작했을 때 선생님이 나에게 욕을 주문했다. 싫어하는 사람을 생각하면서, 기역, 시옷, 쌍기역, 이응의 자음으로 시작하는 욕을 크게 외쳐보라고 했다. 극도로 화가 치미는 순간에 유일하게 내뱉는 욕이라면 '미친'이 전부였던 나에게는 거북한 일이었다. 어쩔 수 없이 선생님의 지시대로 눈물을 토해내며 소리쳤지만, '연기를 하려면, 욕도 해야 하나……'라는 생각에 회의감이 들던 때가 떠올랐다. 배우가 되기에는 좁은 스펙트럼을 가지고 있다는 생각, 맞지 않는 옷일 수 있다는 생각이 처음으로 들었다.

그렇다면 사람들에게 좋은 영향을 주고 싶다는 것 하나가 남는데 …… 그 일이 과연 연기여야만 하는 걸까? 스스로에게 물었다. 연기가 참 매력적인 행위예술이기는 했지만, 심사위원들을 앞에 둔 오디

션 장에 설 때면 어찌나 떨리던지! 분명 감정선이 좋다는 칭찬을 받아왔는데 시험장에서는 자신감이 없어지고, 소위 말하는 발 연기를 하는 느낌이랄까. 거기까지 생각이 미치고 깨달은 건 말을 할 때는 다르다는 것이었다. 말을 잘한다는 소리를 어릴 때부터 들어왔고, 면접장에서도, 많은 사람들 앞에서도 이야기하는 건 떨리기보다 오히려 설레는 일이었다. 스스로 질문하고 대답하는 이 일련의 과정들은 진정 나다운 내가 되는 길을 찾게 해주었다. 내가 가진 모습, 나의 자연스러운 모습으로도 사람들에게 좋은 영향을 줄 수 있는 일.

나에게 행복은 배우가 되어야 느낄 수 있는 것이 아니라, 사랑하는 사람과 세상에 좋은 영향력을 전하며 살아가는 것, 단지 그것이었다.

스스로 묻고 대답하는 과정을 통해, 진정 자신이 원하는 삶을 찾은 또 한 명이 있다. 은행원으로 일하고 있는 그녀는 5년 전부터 스스로에게 400여 가지 질문을 해왔다. 질문 노트를 가지고 홀로 여행을 다니기도 한다. 풍경이 좋은 곳에서 자신과 대화를 나눈다. 물음을 던지고 대답하는 과정에서 미처 깨닫지 못했던 감정이나 기억의 조각들을 떠올리고, 자신의 민낯과 마주하는 순간을 즐긴다. 그 후에는 놀랄 만큼 따뜻한 위로의 물결이 밀려오기 때문이다. 사실 내일을 가장 잘 아는 사람은 나이기에. 이러한 과정은 그 누구의 말 보다 더 큰 위로를 선물한다.

꾸준히 자신에게 질문하며 대화를 해온 그녀는 얼마 전 비전에 대한 해답을 찾은 것 같다. 5년 전부터 지금까지 쭈욱 쌓아온 질문 노트를 살펴보다가 자신이 중요하게 생각하는 가치가 세 가지의 단어로 수렴된다는 것을 발견했다. 그것은 따뜻함, 질문, 성장이었다. 그녀가 진정 하고 싶은 일은 사람의 성장에 도움을 주는 일이었다는 것을 깨닫는다. 그리고 스스로에게 던진 이 한마디 질문을 통해 그 비전을 미래가 아닌 지금 이 순간으로 끌어당겼다.

'죽음을 앞둔 3개월 동안 무엇을 할 것인가?'

그녀의 답은 퇴사하고 여행 떠나기, 그리고 한 가지는 질문에 대한 가치를 사람들에게 전하는 것이었다고. 질문의 힘을 혼자만 알기가 너무나 아깝다는 생각이 들었다고. 세상에 그 힘을 전하는 일에 시간을 쓰고 싶다는 생각에 스스로도 놀라움을 감추지 못했다. 죽기 전에도 하고 싶은 일…… 그것이 그토록 찾던 비전이 아닐까. 그 깨달음은 미래의 비전을 현재로 끌어올 수 있는 힘을 주었다. 그녀는 곧바로 코칭수업에 등록했다. 강원도에서 서울을 오가며 공부하면서도 피곤한줄 모르고 내내 행복해하는 모습이 아름다웠다. 그리고 2021년이 지나기 전에 전문 코치의 길을 걷겠다는 결연한 의지를 내보였다. 마치 곧 피어나기를 기다리는 영글은 꽃 같았다.

때에 맞는 적절한 질문은 인생을 바꾼다. 삶의 어딘가에서 헤매고 있다면, 바로 지금이 스스로에게 질문을 할 때다. 나를 향하는 질문은 나다움을 잃지 않는 변화의 순간을 선물할 것이다.

오늘, 당신의 말은 다정한가요?

'삶의 행복을 찾고 있나요? 삶의 비전을 찾고 있나요? 그럼 스스로에게 질문하세요. 나와의 대화에 답이 있답니다.'

내 한마디가 누군가의 운명이라면

"평소에 뭐 좋아하세요?"

"저는 그림 그려요."

"우와, 그림 그리세요? 멋지시다! 저는 그림을 잘 그리고 싶은데, 학교 다닐 때 그림으로 상을 받은 적이 딱 한 번밖에 없었던 것같아요. 자주 그리세요?"

"자주는 아니고, 요즘은 바빠서 잘 못하고 있는데 저는 미술을전공하고 싶었어요. 학교 다닐 때 미술을 배웠었거든요."

그녀의 목소리에 아쉬움이 섞여 있었다. 과거에 미술을 배우고있었고, 미술 학도가 되고 싶었지만…… 과거형이 된 특별한 이유가 있는 걸까?

"그림 되게 좋아하시는 것 같은데, 왜 계속 안 그렸는지 여쭤봐도 돼요?"

조심스럽게 물어보았다.

"미술학원 선생님이 너는 그림에 재능은 없어 라고 했었어요."

아, 미대에 가고 싶은 미술 학도에게 너는 그림에 재능이 없다고 말을 하다니. 얼마나 속상했을까. 그래서 가끔 그 선생님이 원망스러울 때가 있었단다. 직장을 다니면서 취미로라도 다시 시작하게 되어 좋긴 하지만, 그때 선생님이 그런 말만 하지 않았어도 미술을 포기하지는 않았을 것 같다고.

"그런데 또 생각해보면 제가 정말 의지가 있었다면 그 말에 독기를 품고 더 열심히 해서 이뤄냈을 수도 있었을 것 같아요. 핑계죠 뭐."

그렇다. 맞는 말이다. 모든 건, 결국엔 다 나의 의지와 선택에 달려 있으니까. 그녀의 말처럼 자신의 의지가 강했다면, 어떤 혹독함도 물리치고 꿈을 향해 나아갔으리라. 작품이 별로다, 성공하지 못할 거라는 말을 듣고도 당당히 이름을 떨친 어느 예술가들의 이야기처럼. 비난의 말들을 자양분 삼아 흔들리지 않는 굳건한 내면으로 결국엔 성공에 이르는 어느 위인들처럼. 그러나 그들이 그토록 위대하다고 칭송받는 이유 가운데에는 천재적인 재능뿐 아니라, 범상치 않은 무쇠 같은 정신력이 있다. 그들은 애타는 절박함과 끈질긴 집념을 가지고 스스로의 능력을 믿기 위해 피가 끓어오르는 노력을 기어코 해내고야만 사람들이다. 말이야 쉽지, 인정받지 못하는 고독한 세상에서 피 끓는 노력을 감행하고 결국에는 타인의 열정에 불을 지피는 도화선이 되는 일, 다시 말해 외롭고 불확실한 상황에서 성공을 거머쥐는 일은 결코 쉬운 일이 아니다.

미술 선생님은 어떤 마음으로 학생이었던 그녀에게 재능이 없다는 말을 했던 걸까. 그녀가 생각하는 재능이란 어떤 것이었을까. 사물을 보는 시선? 그림을 그리는 실력? 고도의 집중력? 재능이라는 단어가 포함하고 있는 것이 얼마나 많은지 그녀는 알고 있었을까. 자신의 말 한마디를 10년이 넘는 시간 동안 가슴에 품고 살아가는 학생이 있다는 사실을 알고 있을까.

나는 어릴 적부터 글을 읽고 쓰는 것을 좋아했다.

초등학교 점심시간 때, 도서관에서 책을 읽다 너무 빠져든 나머지 합창부 연습에 늦은 적이 있다. 뒤늦게 뛰어간 음악실에서 친구들이 모두 보는 와중에 소고채로 정수리를 맞으며 쫓겨나던 그때. 아픔보다 창피함의 눈물이 그득 차오르던 기억이 생생하다. 하굣길에는 늘 국어책을 소리 내서 읽으며 걸었고, 집에서도 내 곁에는 언제나 책이 있었다. 어떤 날은 자정이 될 때까지 넓은 줄 공책 위에다가 연필로 빼곡하게 창작동화를 써내려가곤 했다. 그 동화를 읽은 누군가에게 정말 네가 쓴 게 맞냐는 말을 들을 때면 어깨가 으쓱했다. 고학년 때는 전국 글짓기 대회에서 입상을 했고, 이후 글짓기에 대한 자부심과 애정으로 똘똘 뭉친 중학생으로 성장했다.

중학교 3학년 때였다. 나를 문학소녀라고 부르던 국어선생님으로부터 신문반으로 들어오라는 제안을 받았다. 교내 신문을 만드는 부서였다. 실제 대구에서 유명한 신문사의 명예기자가 수업을 진행

했다. 특기부서로는 이례적으로 학교에서 지원금도 나왔다. 첫 시작은 글쓰기를 보다 전문적으로 배울 수 있겠다는 기대에 설레는 마음으로 가득했다.

화창한 봄날, 야외실습 시간이었다. 교실 밖으로 나가 교내 풍경에 대한 기사를 써오는 과제를 받았다. 글의 주제를 고민하다가 봄이 찾아왔음을 알리는 기사를 쓰기로 마음먹었다. 구체적으로 어떻게 썼는지는 자세히 떠오르지 않지만, 내가 쓴 글은 '잘못 쓴 글'이라고 지적을 받았다. 그렇게 쓰는 게 아니란다. 어떤 게 잘못되었는지 지적을 해주셨던 것 같은데, 당시에는 전혀 감이 오질 않았다.

'나는 늘 글을 이렇게 써왔는데, 뭐가 잘 못된 거지? 아, 글쓰기가 이렇게 어려운 거였나. 재미없어. 못 쓰겠어. 힘들어.'

처음으로 글짓기가 힘들게 느껴지던 순간이었다.

지금은 안다. 내 글이 왜 지적을 받았었는지. 기사는 사실만을 기반으로 작성해야 하고, 주관적인 생각을 배제해야 하는 게 기본 원칙이다. 그러나 나는 그런 글쓰기를 해본 적이 없었고, 낯설었다. 단호하게 말하면 내가 쓴 글은 기사가 아니었다. 제대로 된 기사라면 예를 들어 '4월의 봄날, 교내 10그루의 나무에서 벚꽃이 만개했고, 1그루의 나무는 아직 개화하지 않았다. 만개한 벚꽃나무는 흰 벚꽃나무 9그루, 분홍색 벚꽃나무는 1그루……'와 같이 사실을 기반으로 객관적인 글을 썼어야 했을 터다.

그러나 내 글들은 이런 식이었다.

'분홍빛, 하얀 빛의 폭죽들을 툭 하고 터트려내는 나무가 몇 그루

있다 혹은 포근하고 귀여운 하얀 팝콘을 몽글몽글 피어내는 나무가
…….' 다시 글을 써오라고 해도, 당시에는 감을 잡질 못했다. 사실
만으로 글을 어떻게 써야 할지를 몰랐다. 신문반에 있는 동안 글짓
기에 대한 애정은 점점 사그라들었고, 글을 쓰는 게 어렵고 힘들게
만 느껴졌다. 즐겁지가 않으니 수업이 끝난 후 신문반 모임에 가는
게 꺼려졌다. 더 이상 글쓰기에 재능이 없나보다 하는 생각이 들 무
렵이었다.

교무실에서 신문반 선생님이 아이들이 쓴 글을 검사하고 있었
다. 나는 왠지 또 지적을 받을 것 같다는 생각에 자신감 없이 순서
를 기다리고 있었다. '이렇게 쓰는 게 아니라니까.'라고 할 것만 같
았다.

"슬기가 쓴 글 한번 보자."

찬찬히 글을 읽던 선생님은 내게 질문했다.

"슬기야. 너 신문반에서 기사 쓰는 거 힘들지?"

내 마음을 들여다 보신 건가! 글 쓰는 게 힘들다는 마음을 인정
하고 싶지 않아서, 그동안 꾹 참으며 감춰두었던 속내를 들켜버린
그 순간, 신기하게도 어떤 희열감을 느꼈다. 무겁고 갑갑했던 마음
이 가볍고 후련해졌다.

"네가 문학소녀라서 그래. 문학체질이라서. 계속 비유하고 싶고,
예쁘게 쓰고 싶고 그러지? 신문이랑 성향이 안 맞아서 그래. 기사
쓰는 거 재미없고 힘들면 이제 안 써도 괜찮아."

내가 글재주가 없는 게 아니었어? 글을 못 쓰는 게 아니라, 문학

소녀여서 그렇다는 그 말은 내 안에서 숨어버렸던 자신감이 수줍게 웃으며 다시 고개를 내밀게 하는 말이었다.

'역시 나는 문학소녀였어!'

그렇게 반가울 수가 없었다. 마음속에서 쾌재를 불렀다. 이후 신문반 활동은 그만두게 되었고, 교외 글짓기 대회에 참가하고 수상했다. 교내 신문 1면에 내 글이 실렸다. 얼마 후 선생님은 나를 교무실로 불러 교내 신문에 넣을 교장과 교감선생님의 글, 그리고 다른 학생들이 수상한 글짓기의 오탈자나 흐름이 어색한 문장들을 고쳐달라는 부탁을 했다.

국어 선생님이 그때 나에게 "기사는 이렇게 쓰는 게 아니라니까. 넌 정말 기사 쓰는 재능이 없구나."라고 했다면 어땠을까를 상상해보는 것만으로도 눈앞이 아득해진다. 없는 재능을 탓하지 않고 있는 재능을 알려준 그 한마디. 그 말 한마디 덕분에 책을 읽고 글을 쓰는 재미를 잃지 않을 수 있었다.

지금 이렇게 글을 쓰고 있는 것도 어쩌면 그 덕분이지 않을까. 부족한 점보다 내가 가진 것을 바라보도록, 내 마음의 불빛을 켜준 그 한마디 덕분에…… 말의 영향력이 이토록 위대하다. 더구나 누군가에게 영향력을 발휘하는 지위에 있는 사람의 말이라면 더욱 그렇다. 어쩌면 한 사람의 운명을 뒤흔들 만큼. 오래전 일이지만 선생님께 감사한 마음을 보내며 두 손을 모아본다.

'사람들의 빛을 발견하는 눈을 가져야지. 사람들의 마음에 불빛을 켜줄 수 있는 말을 해야지. 내 말 한마디가 누군가의 운명이라면……'

소원을 말해봐

어릴 적 주말 아침을 설레게 하던 디즈니 만화영화 〈알라딘〉이 최근 영화로 제작되었다는 소식에 한달음에 달려갔다. "역시 디즈니야!" 엄지를 치켜세우며 종일 "지니"를 외쳐대던 하루였다. 세 가지 소원을 들어주는 램프의 요정 지니가 내 곁에 있다면 부러울 게 없을 텐데. 팬시리 테이블 위에 놓여 진 티포트를 조심스레 쓰다듬어본다. 말만 하면 실현시켜주는 요정이라니. 현실엔 정말 없는 걸까? 영화 속 명대사가 많았지만 그중에서도 기억에 남는 말은 "소원은 구체적으로 말해야 해."라고 한 지니의 조언이었다. 디즈니의 영화는 보는 이들에 따라 다양한 해석이 있겠지만, 문득 지니는 말의 중요성에 대한 은유가 아니었을까 하는 생각이 든다.

17년 지기 가족 같은 친구가 있다. 중학교 2학년 때 같은 반에서 만나 지금까지 우정을 이어오고 있는 친구다. 내게 힘든 일이 있으면 새벽 세 시에도 먼저 전화를 걸어올 정도이니 가족 같다는 표현이 정말이지 과하지가 않다. 얼마 전 결혼을 해, 곧 엄마가 되기 위한 준비를 하고 있는 그녀는 요즘 행복해 보인다. 원하던 일상 속에서 평온하게 살아가는 모습을 볼 때면 흐뭇하다. 2년 전과는 확연히 다른 모습이다.

2년 전, 친구는 임용고시를 준비하는 수험생이었다. 특수교육학과에 입학해 스물네 살 때부터 중등 특수교사가 되기 위한 시험을 치렀다. 졸업과 동시에 치렀던 시험에서 탈락을 하고, 그 이후에도 탈락, 또 탈락. 일반 취업 준비도 탈락이 이어지면 지치기 마련인데, 1년에 단 한 번뿐인 시험에서 받는 고배의 연속은 그녀를 얼마나 불안하게 했을까. 답답한 마음에 친구의 어머니는 점을 보러 가기도 했다.

"강원도로 가서 시험을 치세요."

점쟁이의 말에 대구에서 멀리 떨어진 강원도로 지원을 해보았지만 결과는 마찬가지였다. 강원도, 경북, 경남, 울산 각 지역을 돌아다니며 도전장을 내밀다 지친 친구는 6개월간 기간제 교사로 근무하기도 했다. 직접 교육 현장에서 일해본 후 다시 도전한 임용고시에서는 고맙게도 1차 합격이라는 반가운 소식을 알려주었다. 두 손모아 기도를 했다.

'주님, 민경이에게 좋은 기운을 주세요.'

그러나 이어진 결과는 아쉽게도 2차 탈락.

'한 번 더 하면 합격할 수 있을까? 그만해야 하는 걸까……,'

그즈음 되면 임용을 포기하고 기간제 교사로 일을 하거나, 다른 분야로 취업을 하는 사람들도 생기곤 했기 때문에 중심을 잡기가 여간 어려운 일이 아니었을 텐데, 친구는 한 번 더 도전해 보기로 마음을 다잡았다.

이듬해 마지막이라는 생각으로 도전했던 스물아홉, 여섯 번째 시험에서 1차 합격, 2차 합격 후 최종 임용까지 쾌거를 거두게 되었다.

"슬기야, 나 최종 합격했어!"

최종 합격이라는 말에 코끝이 시큰해졌고 축하한다는 통화를 할 때는 눈시울이 뜨거워졌다. 그동안 얼마나 힘들게 버텨왔는지를 잘 알기에. 무거운 부담감을 견디느라 고생한 친구가 대견했다. 끝이 없을 것만 같던 시험의 굴레를 드디어 벗어났다는 사실에 진심으로 기뻤다. 정작 본인은 담담하게

"나도 안 우는데, 네가 우네."

라고 하던 그 반가운 목소리.

합격 소식을 듣고 처음 만나는 날, 그녀에게 목화꽃다발을 선물했다. '어머니의 사랑'이라는 꽃말을 가진 목화꽃이 친구의 첫 시작에 의미를 더해줄 것 같았다.

"슬기야. 나 연수원에서 안 사실인데 내가 수석합격이래!"

"와, 수석합격이라니! 김민경 대단해! 합격하기도 어려운데 1등으로 합격을 하다니!"

"말하는 대로 된다더니 진짜인가 봐. 실은 내가 대학교 다닐 때

197
내 인생을 바꾼 다정한 말

부터 임용은 서른 전에 합격하면 된다고 입버릇처럼 말했거든. 그리고 합격하려면 수석으로 합격해야지 하고 말하고 다녔는데. 진짜 딱 스물아홉에 수석으로 합격했어."

세상에 신이 있다고 믿지 않고, 점괘도 믿지 않는 그녀. 내 친구들 중 가장 이성적이고 현실지향적인 친구의 입에서 처음으로 신비스러운(?) 말이 흘러 나왔다. 말하는 대로 되는 것 같다고. 말에 힘이 있는 것 같다고. 앞으로는 정말 원하는 말만 해야겠다고.

말의 힘에 대한 주제로 이 일화를 쓰기로 마음먹고, 경험담을 생생하게 담기 위해 친구에게 전화를 했다.

"민경아, 1차 합격 하고나서 그다음 해에 2차 합격 했었잖아. 그치?"

"아니야. 나 한 번도 1차 합격한 적 없었어."

"너 합격 했었잖아. 최종합격 직전에."

"사실은 그때 가족이랑 대구에 있는 친구들한테 1차 합격했다고 말하긴 했는데 탈락했었어. 오랜 기간 준비했는데 1차도 합격하지 못하고 또 시험을 준비한다고 하면 스스로 더 부담될 것 같아서 ……."

그랬구나. 소소한 것들까지 모두 말하는 사이였던 우리였지만 그 시절의 친구는 나에게도 솔직할 수 없을 정도로 참 무거운 마음을 안고 지냈겠구나 싶다. 하지만 대학생 때부터 예언한 그녀의 말이 현실이 되어 지금은 정교사로, 한 남자의 사랑받는 아내로 행복하게 살고 있으니 참 다행스러운 일이다.

'말이 씨가 된다.'는 말을 허투루 생각한 적이 없을 만큼 말의 힘을 중요하게 생각하던 나는 친구를 통해 또 한 번 그 효과를 실감했다. 사람은 정말로 말하는 대로 되는구나.

스물아홉에 진로를 바꾸게 된 나는 그 해를 시작하면서 입버릇처럼 하던 말이 있었다.

"서른 전에만 취업하면 참 좋을 것 같아. 서른 전에 취업할 거야!"

이미 이루어진 것처럼 일기장에 감사의 글을 남기기도 했다.

'서른 전에 사내강사로 합격하게 되어 감사합니다.'

그렇게 시간이 흘렀다. 추석이 지났음에도 괜찮은 공고가 뜨지 않았지만, 마음은 불안하지 않았다. 하고 싶은 일을 다시 찾았다는 사실에 감사했다. 원하는 공부를 할 수 있는 시간, 마음껏 책을 읽을 수 있는 시간, 오롯이 집중할 수 있는 그 시간에 감사했다. 그렇게 서른 살을 딱 한 달 남겨 놓고 대기업 사내강사로 취업에 성공했다. 정말 입버릇처럼 말하는 대로 되었다.

"말하는 대로 될 수 있다곤 믿지 않았지. 믿을 수 없었지.
마음먹은 대로, 생각한 대로, 할 수 있단 건 거짓말 같았지."
"말하는 대로 될 수 있단 걸 눈으로 본 순간 믿어보기로 했지.
마음먹은 대로, 생각한 대로, 할 수 있단 걸 알게 된 순간, 고갤 끄덕였지."

대한민국 국민이라면 모두가 알 만한, 개그맨 유재석과 가수 이적이 함께 부른 〈말하는 대로〉라는 곡이다. 노래를 들을 때마다 말의 힘을 아는 사람이 나뿐만이 아니라는 사실이 반갑다. 어쩌면 램프의 요정 지니는 우리 안에 존재하고 있는 게 아닐까.

"분부만 내리십시오. 말씀하시는 대로 이루어드리겠습니다!"

오늘, 당신의 말은 다정한가요?

내 인생에 깃든 다정한 말

"지금 이 순간, 당신의 가슴 속에 지워지지 않고, 살아 숨 쉬는 말이 있나요?"

질문을 다시 읽고 잠깐 생각해보았으면 한다. 떠오를 때까지 생각해보고 다음 글을 읽어주었으면 한다. 나의 책을 손에든 여러분들의 마음에 한 번에 떠오른 말이 있는지, 그 말이 어떤 말일지 참 궁금하다. 개인적인 바람으로는 대답이 떠올랐을 때, 미소를 짓는 사람들이 많았으면 좋겠다. 가슴에 품고 있었던 오랜만에 만나는 말들이 예쁜 모습이라 얼굴이 발그레해지며 따뜻해졌으면 좋겠다.

내 가슴에 남아 있는 말이 무엇인가 떠올려보기를 며칠 째. 처음에는 딱히 특별한 말이 생각나지 않다가 상처로 남은 말들이 떠올랐다. 가슴에 남은 감동적인 이야기를 하고 싶은데 비워내고 싶은 말들이 자꾸만 머릿속을 어지럽혔다. 그런 것 말고 분명 사랑이 깃든, 따뜻함을 품고 살아가는 말이 있을 텐데…… 사람의 마음에 따스하게 뿌리내려 살아가는 말을 이야기하고 싶었다.

그랬더니 딱 한 사람의 말이 떠오른다. 사는 동안 내내 변함이 없었던 그 한마디.

"아빠는 우리 슬기가 행복하면 되지."

"아빠는 우리 딸, 우리 아들이 행복하면 돼."

알코올 향기가 짙은 날이면 늘 말씀하셨다. 내가 행복하면 아빠도 행복하다고. 내 속에 깊이 뿌리내리고 살아가는 말은 아빠의 한마디였다. 사랑이 깃들어 있는 다정한 말.

사랑이라는 단어는 참 익숙하게 들린다. 사람들은 사랑을 한다. 마음에 드는 이성을 만나 사랑을 느끼고, 때로는 마음속의 사랑을 고백한다. 이성의 사랑이 아니더라도 친구에 대한 사랑, 가족에 대한 사랑, 반려동물에 대한 사랑. 누구나, 어느 때에나 사랑이라 부르는 마음을 나누며 살아왔다. 그런 우리에게 삶의 혜안으로 인생 멘토가 된 법륜 스님은 "사랑이라는 것은 없어요."라고 말한다. 많은 사람들이 이야기하는 사랑이라는 것은 사실은 사랑이 아니라 거래에 가까운 것이라고.

누군가를 사랑한다고 하지만 자신의 뜻대로 되지 않을 때에는 미움으로 바뀌어버리는 것. 내가 바라는 대로 됐을 때 좋아하고, 그렇지 않을 때 미워하는 것은 욕망의 다른 표현일 뿐이라고.

얼마 전 폭발적인 인기를 끌었던 드라마 〈스카이캐슬〉에서 극 후반부 주인공 강준상의 행보가 기억에 남는다. 강준상은 대학병원

정형외과 원장으로 학창시절 내내 전교 1등, 학력고사 전국 수석으로 서울대 의대를 졸업한 인재다. 그의 아버지도 의사 출신, 그의 어머니는 의사 가문을 이어가겠다는 목표에 눈이 멀어 '사람'보다는 '명예'가 더 중요한 인물이다. 아들이 온당한 사람의 도리를 지키는 것보다 병원장이 되는 것에 혈안이 된 어머니를 보며, 자신의 삶이 허울 좋은 껍데기뿐이었다는 걸 뒤늦게 안 강준상은 울부짖으며 말한다.

"어머니는 대체 언제까지 절 무대 위에 세우실겁니까? 주남대 병원장 강준상이 아니더라도 저 어머니 아들이잖아요."

자신의 존재 자체를 사랑해주길 바라는 그의 울부짖음이 내 마음을 아프게 했다. 하지만 어머니도 그런 아들이 원망스럽기는 마찬가지다.

"내가 너를 어떻게 키웠는데……."

어머니는 아들을 엘리트 의사로 만들기 위한 그간 노력의 대가가 고작 이것인지, 아들이 자신이 원하는 대로 살아주지 않는 것에 대해 배신감을 느낀다. 자식이 좋은 직업을 가지고, 좋은 수입을 얻어서 안락한 삶을 꾸리길 바라는 것은 당연하지만, 그 마음이 진정 자식을 위한 것이 아니라 본인의 욕망을 채우기 위한 마음이라면, 그것은 사랑이 아닌 거래에 가깝다는 스님의 말씀이 이해가 가는 대목이다. 가장 완전무결한 사랑이라고 일컫는 부모의 사랑마저도 사실은 이처럼 사랑이 아닌 거래가 되는 경우를 종종 보게 된다.

그래서 사람들은 사랑이라는 감정의 가치를 높게 평가한다. 대가를 바라지 않는 사랑. 무언가를 기대하는 마음으로 사랑을 주는 것이 아니라 그저 사랑하기에 보살피는 마음. 순진무구한 마음에서 나오는 고귀한 사랑은 사람들의 마음에 감동을 주고 가슴에 남는다.

30년이 넘는 세월 동안 늘 아빠는 내게 그런 사랑을 주었다. 줄 수 있는 모든 걸 주면서 더 주지 못해 미안하다고 말하는 마음. 예쁜 모습이든 못난 모습이든 늘 사랑스럽게 보아주는 마음. 그러면서도 내게 바라는 건 오로지 내가 행복한 것, 그것뿐이라는 그 한결같은 마음이 오랜 세월동안 내 가슴 속에서 따뜻한 사랑으로 살아가고 있었다.

몇 해 전, 서울에서 지내던 때였다. 주말에 고향에 잠시 들렀다가 월요일, 새벽기차로 서울에 다시 올라가는 길이었다. 어두운 새벽이었고, 무거운 짐까지 있어서 나를 배웅해주기 위해 아빠가 따라 나섰다. 역에 도착 한 후, 기차에 짐을 대신 실어주던 아빠와 옆에 있던 나는, 1초 정도 놀라움에 입을 다물지 못했다. 이럴 수가! 그 잠깐 사이에 문이 닫혀버린 것이다. 출발해버린 기차 안에서 놀란 나는 말했다.

"헉 어떡해?"

"이렇게 금방 닫히다니. 어쩔 수 없지. 다음 역에서 내리면 되지 뭐."

"아침부터 피곤하겠다. 미안해."

"괜찮아. 오랜만에 딸이랑 기차여행 하네."

우리 부녀는 좌석에 앉아 정말 여행하듯 즐겁게 셀카를 찍었고, 아빠는 다음 역에서 내렸다. 휴대폰도 깜빡하고 집에 두고 왔다고 해 걱정이 됐지만, 멀지 않은 역이라 금방 도착하겠거니 싶었는데 웬걸. 내가 서울에 도착할 때 즈음 잘 도착했다는 연락이 왔다. 작은 간이역 이라 대구행 배차 시간이 길어서 버스터미널로 이동해 돌아갔다고. 깜깜한 새벽, 낯선 지역에서 휴대폰도 없이 고생했을 거란 생각에

"딸 때문에 아침부터 엄청 고생했네."

라고 말하는 나에게 아빠는 말했다.

"재미있었어. 오랜만에 여행하는 기분이었어."

딸이 가졌을 마음의 짐을 덜어주려는 그 깊은 사랑이 참 감사했다.

그 사랑의 깊이를 가늠해보려 하지만, 부모가 되어야 만이 깨달을 수 있을 것 같아 가슴이 먹먹해진다. 내리 사랑이라는 말이 있듯, 그 마음만큼 돌려드릴 수 없을 거라는 생각에 코끝이 찡하다. 나는 딸로서 아빠의 가슴에 사랑을 심어줄 수 있는 말을 한 적이 있었을 까? 내가 어떤 모습이라도 나를 떠나지 않을 유일한 사람이 가족이 라는 사실에 덜 고민하고, 덜 정성스럽게 말을 해왔던 것 같아 후회 가 된다. 가까운 사이에 나눈 대화가 가슴에 남는다는 사실을 잘 알 지만 편하니까 함부로 툭 내뱉었던 말들이 떠오른다. 사랑을 제대로 전하지 못한 것만큼 가슴 아픈 후회가 있을까.

시간이 더 흐르기 전에 깨달아 다행이라는 생각이 드는 밤이다. 곁에 있는 소중한 사람에게 따뜻한 진심을 전할 수 있는 시간이 있

다는 것. 사랑을 표현할 수 있는 시간이 있다는 것은…… 사실은 귀한 축복이고, 기회다. 모두가 그 기회를 놓치지 않고, 소중한 사람의 가슴에 사랑의 씨앗을 심어줄 수 있는 사람이 되기를 바라본다.

오늘, 당신의 말은 다정한가요?

이제 책을 모두 읽은 여러분에게 질문 하나를 하겠습니다.

"당신은 자신의 모든 부분을 사랑하겠습니까?"

사랑하겠다고 대답해주세요. 아직 어색하더라도 '나의 모든 부분을 사랑하겠습니다.'라고 속삭여주세요. 그게 변화의 시작이 될 테니까요. 저는 여러분이 진심으로 당신의 모든 부분을 사랑하겠다는 마음을 가지기를 바랍니다. 제가 처음 이 책을 쓰겠다고 결심했을 때는 그저 예쁘고 따뜻한 말에 대한 이야기를 하겠다고 생각했습니다. 말에 가시가 돋친 사람들을 볼 때면 안타까웠거든요. 날카로운 말로 상대의 가슴을 후벼 파는 사람들, 그리고 그 말들에 상처를 입는 사람들에게 따뜻한 위로가 될 수 있는 글을 쓰고 싶었습니다. 그저 그런 마음뿐이었습니다.

그런데 말이라는 게 인생의 전부더라고요. 말에 관한 책을 쓰다 보니 제 인생을 통틀어 돌아보게 되었습니다. 말도 잘하고, 표현도 잘한다는 소리만 듣던 제가 마음과 다르게 좋은데 싫은 척 새침데

기처럼 말하던 순간이 떠올랐죠. 그리고 다 그만한 이유가 있었다는 걸 알게 되었잖아요. 말의 고향은 마음입니다. 마음에서 말이 납니다. 제 말이 부족했던 건 마음에 상처가 있었기 때문이었습니다. 어느 날 갑자기 엄마가 떠나면서부터 사랑은 변하는 것이고 절대 영원할 수 없다는 생각이 머릿속에서 진실로 자리를 잡았습니다. 엄마가 떠난 후 이별에 대한 슬픔을 제대로 느끼지 않았기 때문에 마음에 상처가 난 줄도 몰랐습니다. 그래서 처음으로 하게 된 사랑이 행복하면서도 그만큼 두려웠던 거였죠. 지인들도 알지 못했던 이 이야기를 책에 쓰기로 마음먹은 건 여러분의 말이 여러분의 잘못이 아닐 수도 있다는 걸 알려주고 싶었기 때문이에요. 자신의 말이 스스로의 마음에 들지 않는다면, 가장 먼저 다스려야 할 건 당신의 말이 아니라 당신의 마음입니다.

제가 이 책을 통해서 말하고 싶은 것을 딱 세 가지로 줄여볼까 합니다. 하나는 마음이 예뻐야 말도 예쁘게 나온다는 겁니다. 그러니 상처받아서 뾰족해진 자신의 마음을 먼저 알아주세요. 그때로 돌아가서 여러분이 느꼈을 감정을 토닥여주세요. 그리고 이제 괜찮다고, 그동안 잘 지내온 자신에게 고마워하세요. 정말 그동안 고생 많았다고, 그럼에도 이렇게 잘 살아왔다고 스스로를 인정해주세요. 그래야 말도 예뻐집니다. 이 과정이 자존감을 세우는 과정이거든요.

당신의 자존감이 단단해지면 당신의 말도 단단해집니다. 그때 비로소 우리는 방어적인 자세로 말에 가시를 세울 필요가 없어집니다.

그리고 두 번째. 이 모든 게 하루아침에 이루어지는 게 아니잖아요. 그러니 책을 읽고, '그래. 나도 예쁘게 이야기해야지.' 하다가 '아, 역시 난 안 돼.'라는 생각으로 포기하지 않으셨으면 합니다. 말은 실수하며 자랍니다. 원숭이도 나무에서 떨어질 때가 있다고 하잖아요. 세상에 완벽한 게 있을까요. 말은 또 얼마나 그렇겠어요. 내 모습이 조금 부족하더라도, 성에 차지 않더라도, 스스로 이해가 되지 않더라도 '그럴 수도 있지. 실수하며 자라는 거야.'라고 말해주세요. 저도 그렇답니다. '아, 그 말을 왜 했을까. 하지 않았다면 더 좋았을걸.' 이런 생각 안 하는 사람이 있을까요. 저는 오히려 박수를 쳐드리고 싶습니다. 자아 성찰을 하고 있다는 뜻이잖아요. 그렇게 자신을 돌아본 후부터, 예쁘고 따뜻한 말에 더욱 익숙해지도록 노력하면 됩니다. 우리는 어제도 실수를 했고, 오늘도 실수를 하고, 내일도 실수를 할 겁니다. 스스로에 대한 연민의 마음을 가지길 바라요. 우리는 어제보다 오늘, 오늘보다 내일 더 마음에 드는 내가 되어갈 겁니다. 그러니 실수하는 자신의 모습도 어여쁘게 여겨주고, 사랑해주길 바랍니다.

그리고 마지막으로 나를 사랑하고, 나의 실수를 사랑하는 것처럼 상대방에게도 그런 마음을 가져주세요. 누군가의 작은 실수를 준엄하게 흘겨보기보다는 너그러운 마음을 내보는 건 어떨까요. 내가 다 알지 못하는 그만의 사정이 있지는 않을까. 그가 살아온 세월, 주변 상황, 그날의 어떤 일이라던가…… 다정한 사람들은 상대방의 말도 연민의 마음을 가지고 듣습니다. 나와 타인이 다르지 않다고 생각해요. 예쁜 말이 내 마음이 예뻐야 나오는 것처럼, 타인의 가시 돋친 말은 그 사람의 마음 또한 그렇다는 것을 의미합니다. 내가 미워하지 않아도 그 또한 스스로를 온전히 사랑하고 있지 못하다는 말이에요. 그러니 타인을 향한 날카로운 눈초리보다는 따뜻한 눈빛을 머금고 다정하게 바라볼 수 있기를 진심으로 바랍니다.

오늘, 당신의 말은 다정한가요?

오늘, 당신의 말은 다정한가요?

나를 사랑하고 타인을 사랑하는 마음이 다정한 입술을 만듭니다.

당신이 '다정한 말'로

　　'다정한 관계'를 만들고

　　'다정한 인생'을 살아가기를

온 마음 다해 응원하겠습니다.